Helmut Dewitt

Lockdown! ... Und dann?
Leben in Zeiten von Corona – Ein Erfahrungsbericht

Für meine Familie und alle, die Gleiches erlebt haben! Somit für fast alle Menschen auf unserem Planeten! Für die, die es überlebt haben, und für die, welche wegen Corona nicht mehr bei uns sind!

Die in der Erzählung vorkommenden Personen sind frei erfunden, die Geschehnisse im Verlauf der Corona-Pandemie leider nicht.
Sollte jemand in dem Glauben sein, sich wiederzuerkennen, so sind solche Parallelen vom Autor nicht beabsichtigt, aber auf Grund der Geschehnisse unvermeidbar. Die Pandemie hat uns und unser Verhalten so verändert, dass neben der weiterhin bestehenden Individualität eine Aufspaltung in nur wenige Kategorien des Denkens und Verhaltens offenkundig wurde.

Helmut Dewitt

Lockdown! … Und dann?

Leben in Zeiten von Corona – Ein Erfahrungsbericht

Bibliografische Information der Deutschen Nationalbibliothek:
Die Deutsche Nationalbibliothek verzeichnet diese Publikation in der Deutschen Nationalbibliografie; detaillierte bibliografische Daten sind im Internet über http://dnb.dnb.de abrufbar.

TWENTYSIX – Der Self-Publishing-Verlag
Eine Kooperation zwischen der Verlagsgruppe Random House und BoD –Books on Demand

© 2020 Helmut Dewitt

Herstellung und Verlag:
BoD – Books on Demand, Norderstedt

Fotografien: Alexandra Dewitt

ISBN: 9783740770785

Vorwort:

Bisher bin ich immer davon ausgegangen, dass Schreiben für mich bedeutet, Erlebnisse auf satirische Art auszuschmücken oder solche zu erfinden und mit einem Augenzwinkern darzustellen. Auf diese Weise war ich auch mit dem Verfassen meines zweiten satirischen Romans beschäftigt, als mein bzw. unser Alltag sich auf drastische Weise veränderte. Aus einer zunächst nicht weiter Besorgnis erregenden neuen Krankheit namens Covid-19 im weit entfernten China wurde innerhalb nur weniger Wochen eine Pandemie.

Und ich musste feststellen, dass es mir auf einmal nicht mehr gelang, mit Freude an meinem Romanprojekt weiterzuarbeiten. Ich hatte eine Schreibblockade! Diese hielt sich über Monate, mein Platz am Schreibtisch blieb zwar, meine Arbeit war jedoch von ganz anderen Dingen geprägt, nicht mehr von dem Verfassen eines satirischen Romans. Informationen zur aktuellen Situation abrufen, Mails im Zusammenhang mit abgesagten Urlaubsaktivitäten verfassen, Schreiben bezüglich abgesagter ehrenamtlicher Tätigkeiten, Kündigungsschreiben zu bestehenden Abonnements, Telefonate und vieles andere! Dazu kamen auf Grund des Lockdowns vermehrte Aktivitäten an der freien Luft: Gartenarbeit, Wanderungen. Alles war auf einmal anders geworden.

Dann kam mir eines Tages die Idee, meine derzeitige Situation, welche derjenigen so vieler anderer ähnelte, schriftlich festzuhalten. Meine Schreibblockade war überwunden. Aber wie anders sahen die nun verfassten Texte aus! Es handelte sich um die Chronologie der durch die Pandemie verursachten Ereignisse und Beschreibungen meiner persönlichen Aktivitäten, Stimmungen und Bewertungen. Natürlich war dies alles zunächst nur für mich gedacht. Dann aber wurde mir klar, dass ich diese Erfahrungen und Meinungen mit einem Großteil der Bevölkerung teilte, und die Idee für eine neue Veröffentlichung war geboren.

Ich begann, meine persönlichen Erlebnisse und Gefühle mit den von Bekannten und Freunden gehörten Ansichten zu erweitern, zu vermischen und diese in einer chronologischen Form anzuordnen. Dazu gehörten natürlich auch die Informationen über die Entwicklung der Pandemie von ihrem Ursprung bis zum aktuellen Zeitpunkt. Nicht um eine wissenschaftliche Aufarbeitung und Genauigkeit ging es mir, sondern um die Darstellung von Geschehnissen, welche unser Leben veränderten. Es sollte deutlich werden, wie eine solche Epidemie, Pandemie Schritt für Schritt das Denken von Menschen beeinflussen kann.

So lesen Sie auf den folgenden Seiten keine spannende oder lustige Erzählung, sondern einen Bericht über die Entwicklung der Krankheit und der

parallel dazu verlaufenden Bewusstseinsveränderung in einem Menschen. Im Focus stehen dabei die weltweiten Geschehnisse, einen Schwerpunkt bilden diejenigen in Nordrhein-Westfalen, meinem Wohnort. Es sind nicht nur meine Erlebnisse und Gedanken, es sind die Erlebnisse und Gedanken vieler. So ist auch der Ich-Erzähler eine fiktive Person.
Ich hoffe, dass auch eine solche Art der Veröffentlichung Ihre Zustimmung finden wird. Manches ist sicherlich überzeichnet, erfunden ist es nicht!
Ich wünsche Ihnen trotz des ernsten Themas kurzweilige Stunden beim Lesen. Vielleicht erkennen Sie sich ja in manchen Passagen wieder. Bleiben Sie gesund!

Helmut Dewitt

Was man über mich, den Ich-Erzähler, wissen sollte, um meine Gefühle, Ansichten und Bewertungen nachzuvollziehen:

Name:	Johann Maria Meurer
Alter:	62 Jahre
Größe:	1,80 Meter
Gewicht:	normal
Haarfarbe:	grau, ehemals schwarz
Wohnort:	Dorf bei Euskirchen
Familienstand:	seit 36 Jahren in erster Ehe verheiratet
Ehefrau:	Franziska
Kinder:	zwei Töchter – Claudia (35, Lehrerin) und Alina (23, Krankenschwester), zwei Söhne – Erik (33, Handwerker) und Stefan (29, Polizist)
Beruf:	Gymnasiallehrer für Mathematik und Physik, seit acht Monaten pensioniert
Hobbys:	Sport (als Zuschauer), besonders Fußball; Lesen; Reisen; gutes Essen
Freunde:	großer Freundeskreis, häufige Kontakte
Sonstiges:	verschiedene ehrenamtliche Tätigkeiten

1

Anfang Januar 2020

Meine Jahresplanung steht fest: Endlich ein ganzes Jahr ohne Schule! Zwar habe ich schon die Monate nach meiner Pensionierung im Sommer des letzten Jahres genossen, aber mich damals zunächst einmal einfach treiben lassen. Keine kaum interessierten Schülerinnen und Schüler mehr zu einem Mindestmaß an fachlichem Wissen führen, keine Klassenarbeiten mehr korrigieren, keine lästigen Konferenzen mehr durchhalten! Einfach ausgedrückt: keine Schule mehr! So sind die ersten Monate meines Ruhestands diesem Begriff entsprechend in tatsächlicher Ruhe vergangen, ohne nennenswerte Aktivitäten, einfach nur abschalten, ausruhen. Doch das Jahr 2020 soll ganz anders aussehen: Reise auf Reise soll unseren Horizont erweitern, sind wir doch bisher in den Sommerferien meist an die holländische Nordseeküste gefahren und haben dort einige Wochen auf dem Campingplatz verbracht, früher mit den Kindern, seit Jahren dann in trauter Zweisamkeit. Jetzt aber wollen wir die Welt erobern, zunächst zumindest einmal Europa, im nächsten Jahr sollen dann die Fernreisen folgen. Für März ist eine dreiwöchige Reise nach Nordgriechenland geplant, im Mai soll es dann von Portugal aus auf dem Jakobsweg nach Santiago de Compostela gehen, im Herbst dann nach Sizilien. Alle Reisen sind sozusagen „in trockenen Tüchern". Die Flüge für den März sind bei Ryanair gebucht, ebenso diejenigen von Köln nach Porto. Dazu haben wir auch in Eigenregie das Hotel in der Nähe von Thessaloniki und auch schon dreizehn verschiedene Hotels in Portugal und Spanien gebucht, alles kostenlos stornierbar natürlich. Man ist ja vorsichtig, aber was soll schon passieren. Auch der Gepäcktransport auf dem Jakobsweg und die Rückfahrt mit dem Bus von Santiago nach Porto sind geordert und per Kreditkarte bezahlt. Lediglich für die Planung der Reise nach Sizilien haben wir uns noch etwas Zeit gelassen. Davon haben wir nun wirklich genügend zur Verfügung. Alles ist also perfekt durchorganisiert, das Jahr kann seinen geplanten Verlauf nehmen.

2

Ende Januar 2020*

In den letzten Tagen erreichen uns vermehrt Meldungen in den Medien, dass ein zunächst im Dezember, eventuell sogar schon November 2019 in der chinesischen Millionenstadt Wuhan aufgetretenes, bisher unbekanntes Virus die Atemwegserkrankung Covid-19 auslöst und sich nun in China ausbreitet.

Sicher, das ist nicht schön für die Menschen dort, aber was soll das mit uns zu tun haben? China ist schließlich weit weg, und wir haben schon so einige Epidemien aus Asien und Afrika kennen gelernt, ohne dass sie ernsthafte Konsequenzen für uns mit sich brachten. Ich denke da an Bezeichnungen wie SARS und Ebola, welche nie wirklich bis Deutschland gelangten, aber auch die Panikmache im Zusammenhang mit der Vogelgrippe. Viel schlimmer haben sich da die jährlich auftretenden Grippewellen hierzulande bemerkbar gemacht. Klar, es hat auch 1918 bis 1920 die oft zitierte „Spanische Grippe" mit mehr als 500 Millionen Infizierten und bis zu 50 Millionen Toten gegeben, aber das waren andere Zeiten. Die medizinische Versorgung war damals noch lange nicht auf dem Stand von heute, ebenso wenig waren es die hygienischen Verhältnisse. Das ist doch im Jahr 2020 völlig anders. Nein, Sorgen brauchen wir uns wirklich nicht zu machen! Und dann der Name: „Corona-Virus"! Hört sich doch sogar irgendwie edel an. „Corona": ist lateinisch und steht für Krone oder Kranz. Außerdem gibt es Corona-Viren schon seit den sechziger Jahren, wie ich bei Doktor Google erfahren habe. Die hat man damals so genannt, weil sie ein kranzförmiges Aussehen haben.

Also machen wir mal halblang und regen uns nicht weiter auf. In ein paar Tagen werden die Meldungen über das neuartige Virus wieder von den Titelseiten der Zeitungen verschwunden und in den Nachrichten im Fernsehen wieder nach hinten gerückt sein, wenn sie nicht auch dort schon wieder völlig verschwunden sind.

Ich will mich jetzt jedenfalls nicht weiter damit beschäftigen. Da habe ich anderes zu tun, zum Beispiel einen Plan für die drei Wochen in Nordgriechenland zu machen. Schließlich wollen wir vorbereitet dorthin reisen. Und dazu gehört, dass wir wissen, welche Sehenswürdigkeiten wir uns in Thessaloniki und in der weiteren Umgebung ansehen wollen. Sicherlich werden wir auch bis zu den Meteora-Klöstern und nach Chalkidiki fahren, einen Mietwagen habe ich bereits gebucht. Den Parkplatz am Flughafen Weeze natürlich auch.

Ich bin schon ganz aufgeregt, drei Wochen Frühlingssonne in Griechenland, während meine Ex-Kollegen sich mit Klausuren für die Osterferien eindecken. Bloß kein Mitleid oder schlechtes Gewissen, schließlich bin ich auch jahrelang durch diese Mühle gegangen.

* Die in diesem Kapitel und im folgenden Text aufgeführten Fakten zur Corona-Pandemie sind verschiedenen Printmedien, den Nachrichten und Sondersendungen im Rundfunk und im deutschen Fernsehen sowie dem Liveticker des Westdeutschen Rundfunks, welchem ich zu besonderem Dank verpflichtet bin, entnommen. Die Zitate entstammen ebenfalls diesem Liveticker des WDR. https://www1.wdr.de/nachrichten/themen/coronavirus/ticker-corona-virus-nrw-140.html

3

2. Februar 2020

Habe gerade die Nachrichten gesehen. In den letzten Tagen hat es immer mehr Meldungen über das Corona-Virus gegeben. Frankreich hat fünfundsechzig Staatsbürger in einem Flugzeug mit fast einhundert anderen Personen aus China ausgeflogen, zwanzig von ihnen sind mit Covid-19 infiziert.

Nein, ich bin nicht beunruhigt! Auf keinen Fall! Aber man muss sich doch auf dem Laufenden halten.

Nachdem am 29. Januar die Zahl der an Covid-19 Gestorbenen in China die Einhundert überschritten hat, British Airways die Flüge nach China ausgesetzt hat, die in Wuhan verbliebenen Deutschen ausgeflogen werden wollen und in Bayern erste Infizierte vermerkt wurden, scheint die Krankheit ja doch näher zu kommen. Aber ich halte es da mit dem bayerischen Ministerpräsidenten Markus Söder, der keinen Grund zur Panik sieht, man müsse natürlich die Sorgen der Menschen ernst nehmen und Sorgfalt im Umgang mit dem Virus walten lassen. Auch Bundesgesundheitsminister Jens Spahn hält Deutschland für gut auf die Situation vorbereitet.

Wie wenig panisches Verhalten sinnvoll ist, hat sich gezeigt, als 6000 Passagiere und 1000 Besatzungsmitglieder ein Kreuzfahrtschiff nicht verlassen durften, da eine Passagierin Symptome wie Fieber und Atemnot hatte. Einen Tag später durften alle vom Schiff gehen, da der Verdacht auf eine Infektion mit dem Coronavirus sich nicht bestätigt hatte. Wo sollen wir bloß hinkommen, wenn jede Erkältungserscheinung jetzt ein solches Vorgehen bewirkt? Das darf doch nicht wahr sein! Sogar die Börsenkurse sind inzwischen durch die Berichterstattung belastet. Jetzt folgt wie bei einer Kettenreaktion eine Maßnahme nach der anderen: Die Weltgesundheitsorganisation WHO ruft wegen des Corona-Virus den internationalen Gesundheitsnotstand aus, viele Länder holen ihre Landsleute aus China zurück und verlegen sie in Quarantäne-Einrichtungen. Italien ruft daraufhin den Notstand aus, Australien verhängt ein Einreiseverbot aus China und ... und ... und ...

Das kann doch alles nicht wahr sein! Sicher steigt die Zahl der Infizierten und Verstorbenen in China immer weiter an, doch nicht auf einem Level, das tatsächlich so beunruhigend ist und ein solches Vorgehen rechtfertigt. Das ist in meinen

Augen einfach nur Panikmache! An jeder Grippe sterben mehr Menschen! Gut, dass inzwischen in verschiedenen Ländern an dem Virus und einem entsprechenden Medikament geforscht wird, damit wir wieder mit Vernunft reagieren und aus diesem Alptraum erwachen.

4

24. Februar 2020

Es ist Karnevalssonntag, ein traditioneller Termin für ein Treffen mit Freunden, um gemeinsam essen zu gehen. Ich freue mich schon darauf, alle wiederzusehen und Spaß zu haben. Zwar gibt es immer neue Nachrichten über das Corona-Virus, doch die betreffen uns hier in Nordrhein-Westfalen nicht wirklich. In China sind inzwischen mehr als 1000 Menschen gestorben. Das ist eine erschreckende Zahl, aber wie immer hält sich die Empathie bei uns in Grenzen, wenn das Geschehen tausende von Kilometern entfernt ist.

Die Sorgen vor großen wirtschaftlichen Auswirkungen der Corona-Krise – mit diesem Begriff hat man die Situation jetzt belegt – scheinen allerdings zuzunehmen. Der Dax ist um fast vier Prozent gefallen und steht nur noch knapp über 13 000 Punkten. Gut, dass wir im Depot eine breite Mischung von Wertpapieren haben, dabei auch solche von Ländern, in welchen es keine Infizierten gibt. Also ist alles paletti und wir können Karneval feiern. Das wäre ja noch schöner, wenn wir darauf verzichten würden, nur weil in anderen Ländern ein Virus kreist! Hier gibt es ja immerhin noch Karnevalsumzüge und auch Sitzungen. In

Venedig hat man dagegen die Karnevalsfeiern abgesagt, weil es in Italien erste Todesfälle durch das Virus gegeben hat.

Und man überlegt doch tatsächlich ernsthaft, ob man die Olympischen Spiele in Japan verlegen oder gar absagen soll. Unglaublich!

So, jetzt reicht es mit den negativen Gedanken! Karnevalskostüm an und los zum verabredeten Lokal.

Eine Stunde später sitzen wir mit sechs anderen Pärchen beieinander, plaudern und genießen griechische Köstlichkeiten. Plötzlich flüstert einer: „Schaut euch mal vorsichtig um! Am Nachbartisch! Vorsicht, Corona!" Und tatsächlich, dort hat eine Gruppe von Asiaten Platz genommen. Gut, dass sie das Gelächter an unserem Tisch nicht auf sich beziehen. „Vor dem nächsten Treffen können wir ja in einem Chinarestaurant nachfragen, ob es noch freie Tische gibt!", töne ich, worauf erneut Gelächter ausbricht.

Zwei Stunden später stehen wir vor der Türe des Restaurants, versichern uns noch gegenseitig, wie schön es wieder einmal gewesen ist, und fallen uns alle um den Hals. Küsschen links,

Küsschen rechts! Kommt gut nach Hause! Bis bald mal wieder!

An das Corona-Virus denkt im Moment niemand mehr. Und das liegt nicht an den zwei, drei Bieren oder Gläsern des griechischen Weins sowie dem obligatorischen Ouzo zum Abschluss des Essens. Nein, das Virus ist weit weg, und dort wird es auch bleiben!

Auf der Rückfahrt bekräftige ich im Gespräch mit meiner Ehefrau noch einmal, wie schön es doch gewesen ist und wie wichtig es ist, seine Freundinnen und Freunde zu sehen, soziale Kontakte zu pflegen. Morgen und übermorgen werden wir uns die Umzüge in unserer Umgebung ansehen und „Kamelle" für die Enkelkinder sammeln.

5

29. Februar 2020

Corona rückt näher!

Inzwischen ist bekannt geworden, dass es in Nordrhein-Westfalen eine erste bestätigte Infektion gibt. Es handelt sich um einen Mann aus dem Kreis Heinsberg mit Vorerkrankung, dessen Zustand ernst ist. Wenig später wird ergänzt, dass auch seine Ehefrau infiziert ist, aber kaum Symptome zeigt.

Das hat dann doch erste Auswirkungen auf unser Verhalten. Als wir uns in einem benachbarten Ort den dortigen Karnevalsumzug anschauen, gehen wir automatisch auf Distanz zu den neben uns Stehenden. Eine Freundin, welche einen Bekannten stürmisch umarmt und auf beiden Wangen abküsst, wage ich zu fragen: „Hast du gar keine Angst, dich anzustecken?" Prompt antwortet sie daraufhin: „Nee, bei dem kann ich das machen. Der reist eh nicht und schon gar nicht nach Asien!"

Okay, ich glaube ja auch nicht, dass wir wirklich gefährdet sind, aber vielleicht sollte man doch ein wenig vorsichtiger sein. Kann ja nicht schaden.

Als dann am Tag darauf in den Medien gemeldet wird, dass beide infizierte Personen aus Heinsberg mit dreihundert weiteren Personen während einer Karnevalssitzung in einem Saal in Gangelt waren und alle dreihundert Personen sich nun in häuslicher Quarantäne befinden, wird es mir das erste Mal richtig mulmig. Schließlich waren meine Ehefrau und ich mit Freunden vor kurzem auf einer Karnevalssitzung in Köln, bei der mit Sicherheit mehr als dreihundert Personen anwesend waren. Wie lange ist nochmal die Zeit, in der sich zeigen muss, ob man infiziert ist? Vierzehn Tage? Puh, dann ist das ja nochmal gut gegangen. Ich glaube, ein wenig vorsichtiger werde ich in der nächsten Zeit doch sein, auch wenn das Bayerische Gesundheitsministerium eine Aussage des „RKI" zitiert: „Gegenwärtig gibt es jedoch keinen Anhalt für eine anhaltende Viruszirkulation in Deutschland, so dass die Gefahr für die Gesundheit der Bevölkerung in Deutschland laut RKI aktuell gering einzuschätzen ist."

„RKI"? Schnell gegoogelt: Ach ja, Robert-Koch-Institut. Hätte ich wissen können.

Einer anderen Aussage nach hält das RKI das neuartige Virus jedoch für tödlicher als die bisherigen Grippeviren. Jetzt wird es langsam unübersichtlich, wenn man die Einschätzungen vergleicht! Noch vor ein paar Tagen hatte der Bayerische Hausärzteverband vor Panik im Zusammenhang mit der Berichterstattung über das neue Virus in den Medien gewarnt. Das aktuelle Hauptthema bleibe die derzeitige Influenzawelle. Jetzt sieht Bundesgesundheitsminister Jens Spahn dagegen Deutschland am Beginn einer Coronavirus-Epidemie. Japan schließt die Schulen, und die Weltgesundheitsorganisation WHO spricht gar von der Gefahr einer Pandemie. Der amerikanische Präsident Donald Trump betont dagegen, dass das Risiko für Amerikaner weiterhin „sehr gering" sei: „Was auch immer passiert, wir sind vollständig vorbereitet."

Was soll ich glauben? Irgendwie bin ich jetzt völlig verwirrt. Da hilft mir der Ratschlag, dass gründliches Händewaschen vor dem Virus schütze, auch nicht viel weiter. Immerhin wird genauestens beschrieben, wie man seine Hände richtig säubert. Na also! So stehe ich ab jetzt dann noch häufiger vor dem Waschbecken als vorher. Kann ja nicht schaden!

Auch ansonsten kommt es zu Veränderungen im Alltag. Selbst die Kirchen verkünden neue

Maßnahmen: Die Weihwasserbecken im Kölner Dom bleiben leer, auf den Aufruf zum Händereichen als Friedenszeichen will man in der nächsten Zeit verzichten! Dagegen zeigen Bilder aus Griechenland, dass die Kommunioneinnahme für alle Gläubigen mit demselben, nicht gesäuberten Löffel erfolgt. Auf Proteste aus der Bevölkerung hin erklären Vertreter der orthodoxen Kirche, dass die Kommunion und Gott die Gläubigen vor dem Virus schütze und daher keine Gefahr bei der Benutzung desselben Löffels bestehe. Na ja, Glaube kann ja bekanntlich auch Berge versetzen!

Eine weitere Folge der nicht nur mich, sondern viele Menschen verwirrenden Nachrichten ist, dass innerhalb kürzester Zeit die Nachfrage nach haltbaren Lebensmitteln und Hygieneprodukten sprunghaft ansteigt und die Supermärkte nicht mehr mit der Nachlieferung mitkommen. Manches Gespräch unter Nachbarn hört sich wie folgt an: „Ich habe gehört, dass du Klopapier suchst. Unter uns, bei Lidl soll um 10:30 Uhr eine neue Lieferung eintreffen. Bleibt unter uns, okay?" Alles in verschwörerischem Ton, nahezu geflüstert! Schließlich sollen die anderen Nachbarn es ja nicht mitbekommen, sonst ist alles wieder weg. „Klar, ich verrate nichts. Und danke! Wenn ich was erfahre, sag ich es dir natürlich. Man muss in diesen Zeiten ja zusammenhalten."

Eine neue Nachricht in den Medien verunsichert mich: In Italien gibt es schon mehr als 1000 Infizierte, und die Zahlen steigen immer schneller an! Meine Zweifel nehmen derweil immer größere Ausmaße an. Witze mache ich jedenfalls jetzt nicht mehr über die Angst vor einer Ansteckung. Dabei bin ich mir immer noch nicht sicher, ob das Coronavirus für uns hier in Deutschland eine größere Gefahr darstellt als das jährlich sich ausbreitende Grippevirus. Zudem wird ja schon intensiv nach einem Impfstoff geforscht. Wird wohl alles nicht so schlimm werden. Hoffentlich! Aber wenn doch? Wie soll ich mich bloß verhalten?

6

8. März 2020

Nun ist der erste Mensch in Deutschland an Covid-19 gestorben!

In Italien vermerkt man weiterhin einen erschreckenden Anstieg der am Corona-Virus Infizierten!

Gesundheitsminister Jens Spahn (CDU) und Gesundheitsexperte Karl Wilhelm Lauterbach (SPD) sind sich einig darin, Großveranstaltungen vorerst abzusagen. Die Deutsche-Fußball-Liga meldet dagegen daraufhin, es stehe „außer Frage, dass die Saison wie vorgesehen bis Mitte Mai zu Ende gespielt werden muss." Schließlich müssten die Auf- und Absteiger sowie Teilnehmer an den internationalen Wettbewerben ermittelt werden. Das passt nun gar nicht zueinander!

Meine Frau und ich sind inzwischen total verunsichert!

Eine Woche vorher sind wir noch in der Hoffnung, es werde schon alles nicht so schlimm werden, mit guter Laune zu einer Wanderung aufgebrochen. Schließlich lag die Zahl der Infizierten in ganz Deutschland bei 157 Personen, welche meist nur milde Symptome zeigten. Unterwegs machten wir uns sogar noch über eine Sendung im WDR lustig, in welcher von zwei verschiedenen Typen von Menschen im Umgang mit dem Virus gesprochen wurde.

„Na", fragte ich meine Frau, „zu welcher Gruppe gehörst du denn? Zu der, welche wie bisher weiterlebt, oder zu der anderen, welche durch Hamsterkäufe und den Kauf von Mundschutzmasken geprägt ist?"

„Irgendwo dazwischen. Auf keinen Fall werde ich mich im Supermarkt um Toilettenpapier und Nudeln streiten. Das mit dem Klopapier verstehe ich sowieso nicht, da gibt es doch genügend andere Möglichkeiten, sich sauber zu halten. Und Nudeln haben wir eh genug im Vorratsraum", antwortete Franziska.

„Und was hältst du von solchen Masken?", bohrte ich nach.

„Nein, die ziehe ich nicht an. Da bekommst du doch gar keine Luft mehr. Außerdem ist immer wieder zu hören, dass sie einem sowieso nicht schützen. Was soll das Ganze also? Und du, würdest du eine Maske anziehen?"

„Nee, ich bekomme doch ohne Maske schon schlecht Luft. Lass das mal die anderen machen. Wir halten uns lieber viel in der frischen Luft auf, da kann ja nichts passieren!", antwortete ich und ließ weiter die Eindrücke der herrlichen Landschaft in der Frühlingssonne auf mich einwirken.

Wenig später waren wir dann wieder am Ausgangspunkt angelangt und fuhren noch in ein uriges Lokal, um uns mit einer deftigen Mahlzeit für die Wanderung zu belohnen. Im Restaurant war nichts von Corona zu merken. Warum auch? Man darf sich einfach nicht verrückt machen lassen.

Drei Tage später liegt die Zahl bei 639 Infizierten!

Dann geht es auf einmal Schlag auf Schlag: Die Lufthansa streicht 7100 Flüge bis Ende März! Einen Tag später spricht die Lufthansa davon, bis zu fünfzig Prozent der Flüge zu streichen!

In Italien werden bis Mitte März alle Schulen geschlossen!

Generelle Schulschließungen in Deutschland sind laut Gesundheitsminister Jens Spahn nicht geplant, die Gesundheitsämter entscheiden im Einzelfall. Auch Karl-Josef Laumann, Gesundheitsminister in Nordrhein-Westfalen, kann sich keine generelle Schulschließung vorstellen, denn: „Wer betreut dann die Kinder unserer Krankenschwestern, Ärzte und Ärztinnen?" (WDR-2-Interview)

Nicht nur die berufstätigen Eltern, auch die Fußballfans aus Mönchengladbach und Dortmund können aufatmen: Das Bundesligaspiel am 7. März wird nicht abgesagt, da das RKI und andere Behörden die Situation in Nordrhein-Westfalen als „sehr lokale Geschichte" einschätzen. Das öffentliche Leben soll nicht komplett lahmgelegt werden. Zudem sieht die Stadtverwaltung Mönchengladbach keine Situation, in welcher sich „übermäßig viele" infizieren können. Nur 550 Mönchengladbacher Fans nehmen das Angebot wahr, den Ticketpreis erstattet zu bekommen, und verzichten aus Ansteckungsgefahr auf den Besuch dieser Bundesligabegegnung. Was bitte schön sind „übermäßig viele"?

Dann geht es in den nächsten beiden Tagen weiter mit den beunruhigenden Meldungen: Das Auswärtige Amt rät von Reisen nach Norditalien ab! Die EU-Gesundheitsminister vereinbaren ein Sondertreffen, um Maßnahmen gemeinsam zu koordinieren! Die Landesregierung in Nordrhein-Westfalen empfiehlt, Klassenfahrten in gefährdete Gebiete abzusagen! „Empfiehlt", verbietet nicht!

Das Geschäft mit Fertigsuppen boomt, auch Fisch- und Obstkonserven werden deutlich mehr nachgefragt! Die Tafeln in Deutschland klagen über die Hamsterkäufe, besonders frische Lebensmittel werden kaum noch gesammelt, die Bedürftigen erhalten nur unzureichend Nahrungsmittel!

Noch einmal zurück zum 8. März 2020: Nun ist der erste Mensch in Deutschland an Covid-19 gestorben!

In Italien vermerkt man einen erschreckenden Anstieg der am Coronavirus Infizierten! Die Zahl bestätigter Infektionen liegt inzwischen bei 7375, über 360 Menschen sind gestorben!

Wie gesagt: Wir sind inzwischen total verunsichert! Was soll man glauben? Sind wir akut gefährdet? Wie soll man sich verhalten?

7

13. März 2020

Heute ist ein schlimmer Tag! Die Nachrichten beunruhigen mich immer mehr! Alles scheint doch nicht so harmlos zu sein, wie ich noch vor kurzer Zeit gedacht habe!

Deutschland steuert auf den Lockdown zu, das Herunterfahren des sozialen Lebens und der Wirtschaft!

Gestern waren es fast 1500 Infizierte allein in Nordrhein-Westfalen!

An diesem Freitag werden in Österreich Gebiete unter Quarantäne gestellt, Dänemark und Polen schließen ihre Landesgrenzen, die Türkei stellt Flüge nach Deutschland ein, und der amerikanische Präsident Donald Trump ruft den nationalen Notstand aus, erlässt für Europäer ein Einreiseverbot in die USA.

Wir sind nun nicht mehr nur völlig verunsichert, sondern extrem besorgt, als in dieser Woche das Virus auch in unserer Familie angekommen zu sein scheint. Einer der beiden Söhne kommt mit hohem Fieber und Halsschmerzen von der Arbeit nach Hause, fühlt sich äußerst schwach und schlecht. Der nach fast einer Stunde meines untätigen Zuhörens in der Warteschleife des ärztlichen Notdienstes endlich erreichte Arzt, seines Zeichens Gynäkologe, erscheint wenig später und stellt fest, dass es sich um eine „normale" Grippe handele. Die anhaltenden Halsschmerzen, Kopfschmerzen, das hohe Fieber und die Mattheit in den folgenden Tagen lassen auch andere Schlüsse zu. Ein Test auf das Corona-Virus erschien dem Arzt jedoch nicht als notwendig, eine Messung des Sauerstoffgehalts im Blut reichte zur Diagnose aus. Hätte man noch vor Wochen auch sicherlich nicht angezweifelt. Inzwischen schon! Die Zeiten ändern sich im Moment rasend schnell!

Heute soll eine Art Frühlingsfest unseres Freundeskreises mit Essen in einem belgischen Lokal stattfinden. Ab morgen schließen sämtliche Restaurants und Gaststätten in Belgien. Und wir sollen heute dorthin fahren, um fröhlich zu sein, lecker zu essen und Spaß zu haben? Nein, danke! Wir verzichten! Auch wenn es schwerfällt, die Freundinnen und Freunde nicht zu sehen. Aber das Risiko erscheint uns einfach zu hoch. Wie man seine Meinung doch in nur wenigen Tagen ändern kann! Ändern muss?

In den letzten Tagen sind einfach so viele neue Informationen in den Medien erschienen, dass man sich von dem Thema „Corona" nicht mehr trennen kann. Die Meldungen zur aktuellen Situation sind zum Alltag geworden!

Was sich allein in der Sportwelt in den letzten Tagen getan hat!

Das Champions-League-Spiel zwischen Paris Saint-Germain und Borussia Dortmund findet ohne Zuschauer statt, in der Deutschen Eishockey-Liga gibt es zum ersten Mal nach 26 Jahren keine Play-Offs, ein Basketballspiel zwischen den Telekom Baskets Bonn und Athen wird verschoben, im Fußball findet das Bundesligaspiel zwischen Köln und Mönchengladbach ohne Zuschauer statt, und nur Tage später werden alle Spiele in der 1. und 2. Bundesliga, viele Spiele im Amateurfußball und sämtliche Spiele in der Champions League und Europa League vollständig abgesagt. Auch der Auftakt in die Formel-1-Saison findet nicht statt. Überhaupt sind sämtliche Großveranstaltungen und Events in Nordrhein-Westfalen, das sind solche mit über 1000 Teilnehmern, abgesagt sowie die landeseigenen Kultureinrichtungen geschlossen.

Wenn es doch bloß der Sport wäre!

Nachdem am 12. März noch die Rede davon ist, dass „möglicherweise" eine vorübergehende Schließung der Schulen in Nordrhein-Westfalen durch eine Verlängerung der Osterferien möglich, aber noch nicht geplant sei, folgt nur einen Tag später die Meldung, dass alle Schulen und Kitas ab Freitag, dem 16. März bis Ende der Osterferien geschlossen bleiben. Zwölf weitere Bundesländer schließen sich dieser Regelung an. Für eine Betreuung der Kinder am folgenden Montag und Dienstag werde gesorgt.

Damit folgt Deutschland in den meisten Bundesländern dem Vorbild der Länder Frankreich, Belgien, Griechenland und Portugal, wo die Schulen, Universitäten und Kindergärten ebenfalls geschlossen bleiben.

Das Corona-Virus ist nicht gefährlicher als die jährlich auftretende Grippewelle? Bitte? Wer kann bei den täglich eintreffenden Meldungen über Infizierte und an der Krankheit Gestorbene noch eine solche Meinung vertreten? Im Grunde niemand! Habe ich jedoch zumindest vor einem Monat noch vertreten! Und ich schäme mich dafür! Jetzt wird mir die Situation immer bewusster. Noch nie hatten wir eine solche Schulschließung wegen einer Grippe-Epidemie oder Ähnlichem! Die Gefahr muss schon auf einem ganz anderen Level liegen. Werden wir wirklich über alles informiert, was man über das Virus weiß? Ich bin mir da nicht mehr so sicher. Immerhin spricht die Weltgesundheitsorganisation WHO seit Mittwoch von einer „Pandemie", also einer weltweiten Epidemie. Und laut dem Robert-Koch-Institut (RKI) liegt die Sterblichkeit bei einer „normalen" Grippe bei einem Prozentsatz von 0,1 bis 0,2. Die vom Coronavirus verursachte Krankheit Covid-19 weist dagegen einen Sterblichkeitsgrad von 1 bis 2 Prozent auf. Soviel dazu, dass man das Coronavirus mit den bisher bekannten Grippeviren vergleichen kann!

Dazu passt, dass Bundeskanzlerin Angela Merkel inzwischen dazu rät, möglichst auf Sozialkontakte zu verzichten, um die Ausbreitung des Virus zu verlangsamen.

Immer häufiger erscheint jetzt der Begriff „besonders gefährdete Menschen", worunter man Personen höheren Alters oder solche mit Vorerkrankungen versteht. Passend dazu sind Besuche in Pflege- und Altenheimen sowie Krankenhäusern nur noch in dringenden Fällen erlaubt. Auch sollen Eltern ihre Kinder trotz Betreuungsengpässen wegen der Schulschließungen nicht in die Obhut der Großeltern geben, da diese besonders gefährdet seien.

Das heißt, wir sollen jetzt nicht nur unsere sozialen Kontakte einschränken, sondern auch noch auf den Besuch der Enkelkinder verzichten! Wenn diese Maßnahmen notwendig sind, und das scheint ja so, muss es doch schon schlimm um uns bestellt sein! Natürlich werden wir den Ratschlägen schweren Herzens folgen.

Schlimm bestellt scheint es auch um die Wirtschaft zu sein. Man sorgt sich inzwischen, dass es zu einer weltweiten Wirtschaftskrise kommt, was das Beispiel der USA zeigt, wo der Aktienindex Dow Jones innerhalb nur eines Tages zehn Prozent seines Wertes eingebüßt, was den schwärzesten Tag in der amerikanischen Börsengeschichte bedeutet.

Auch in Deutschland sorgt man sich um die Wirtschaft. Die Bundesregierung hat unbegrenzte Kredite für Unternehmen in Notlage angekündigt. Auch die Europäische Union spricht von Wirtschaftshilfen für Unternehmen, welche unter der Pandemie leiden.

Besonders betroffene Menschen sind diejenigen, welche nur mit Hilfe der Tafeln ihren Lebensunterhalt bestreiten können. Daher ist es bitter, dass die Tafeln in manchen Städten geschlossen werden müssen, da die tägliche Arbeit überwiegend von „besonders gefährdeten Menschen" verrichtet wird. Viele Tafeln bleiben geöffnet, müssen sich jedoch neu organisieren. So fällt zum Beispiel meine Tätigkeit als Fahrer in der nächsten Zeit fort, da in der Tafel, bei welcher ich helfe, die Ware nur noch ohne Beifahrer eingeholt wird und Ältere wegen der körperlichen Belastung in nächster Zeit außen vor sind. Innerhalb der Tafeln gibt es bei der Ausgabe der Waren ebenfalls neue Regelungen. So wird die Zahl der Helfer auf das Notwendigste begrenzt, und die Kunden dürfen nur noch einzeln die Halle betreten und keine Waren mehr selbst aussuchen und dazu in die Hand nehmen. Aber immerhin wird versucht den bedürftigen Menschen weiter zu helfen!

Eine weitere Neuigkeit verbreitet sich schnell: Wer bei sich eine Erkrankung der Atemwege vermutet, soll jetzt nicht mehr in die Arztpraxis kommen. Eine Krankschreibung für bis zu sieben Tagen ist nun auf telefonischem Wege zu erhalten. Die Ansteckungsgefahr mit dem Corona-Virus scheint also immens zu sein!

Alle Bereiche des Lebens sind von der Pandemie betroffen! Dabei spreche ich hier nur von den Auswirkungen in Deutschland, besonders Nordrhein-Westfalen, wo wir leben.

Andere Länder haben noch viel stärker unter dem Virus zu leiden, in Europa besonders Italien und Frankreich. Von der Situation in ärmeren Ländern hat man noch gar keine Vorstellung! Kaum auszumalen, was es dort für Katastrophen geben wird, wenn man nur an die hygienischen Verhältnisse und die medizinische Versorgung denkt!

8

16. März 2020

Erschreckende Details werden aus dem österreichischen Skiort Ischgl offengelegt! Mehrere hundert Touristen aus ganz Europa haben sich dort mit dem Coronavirus angesteckt!

Bereits am 5. März hat die isländische Gesundheitsbehörde Ischgl als Risikogebiet eingestuft und damit gleich gesetzt mit dem chinesischen Wuhan, dem vermutetem Ausgangsort der Pandemie, nachdem am 29. Februar auf einem Rückflug der Fluggesellschaft Icelandair von München bei fünfzehn Personen das Covid-19-Virus festgestellt worden ist. Alle sind zum Skifahren in Ischgl gewesen.

Am 7. März wird bei einem Mitarbeiter der Aprés-Ski-Hütte „Kitzloch" das Virus festgestellt, zwei Tage später wird bekannt, dass sich auch fünfzehn Kontaktpersonen angesteckt haben. Daraufhin wird das „Kitzloch" geschlossen, auf eine Quarantäne für Ischgl wird jedoch verzichtet. Diese wird erst am 13. März über den Ort verhängt. Die Urlauber vor Ort dürfen in ihre Heimat zurückkehren, um sich dort in Quarantäne zu begeben. Allerdings müssen viele auf ihrem Weg noch einkehren, da sie keine geeigneten Rückreisemöglichkeiten haben.

In Tirol bleiben einige der Skilifte bis zum Abend des 15. März weiterhin in Betrieb, so kommt es, dass hunderte Skifahrer nah beieinander auf Sonnenterrassen sitzen.

Heute, am 16. März gibt es in Deutschland allein in Hamburg bereits mehr als achtzig Krankheitsfälle, die ihren Ursprung in Ischgl haben. Man befürchtet, dass die Zahlen weiter drastisch ansteigen.

Welch ein bodenloser Leichtsinn der Touristen, was für eine Schlamperei der Behörden! Das ist nicht zu glauben!

Doch Vorsicht mit solchen Vorwürfen! Wie habe ich selbst noch vor sechs Wochen getönt: „Also machen wir mal halblang und regen uns nicht weiter auf. In ein paar Tagen werden die Meldungen über das neuartige Virus wieder von den Titelseiten der Zeitungen verschwunden und in den Nachrichten im Fernsehen wieder nach hinten gerückt sein, wenn sie nicht auch dort schon wieder völlig verschwunden sind."

Das ist absolut nicht so! Im Gegenteil!

Inzwischen bin ich vollkommen davon überzeugt, dass wir einer großen Gefährdung entgegensehen, und nicht nur für die Wirtschaft. Für unser Leben!

Zwei Erlebnisse haben mich in Alarmbereitschaft versetzt:

Vor einer Woche haben Franziska und ich einen gemeinsamen Kartenabend bei einem befreundeten Pärchen. Endlich einmal auf die Karten und das Gespräch mit Freunden konzentrieren und nicht auf weitere schlechte Nachrichten. Nach ungefähr einer Stunde klingelt das Telefon, unser Freund hebt ab, und hört zu, wobei sein Gesichtsausdruck immer ernster wird. Nach dem Gespräch frage ich ihn, ob er eine schlimme Nachricht erhalten habe. „Eine schlimme Nachricht nicht, aber die Information. dass eine der Praktikantinnen in unserem Betrieb aus einer Familie kommt, in welcher eine Person als mit Corona infiziert bestätigt wurde." Schon tauchen vor meinen Augen Bilder auf, wie Franziska und ich uns in Quarantäne begeben müssen. Das Kartenspiel im Anschluss ist zur Nebensache geworden. Gott sei Dank ruft mein Freund mich am nächsten Mittag an und beruhigt mich: „Der Test bei dem Mädchen ist negativ, ihr braucht euch keine Sorgen mehr zu machen." Wenn auch das Ergebnis des ersten Tests nicht unbedingt vollständige Entwarnung bedeutet, atme ich dennoch auf.

Zwei Tage später arbeite ich mit meiner Ehefrau auf der Terrasse, wo eine dicke Wurzel die verlegten Platten anzuheben droht. Da es uns nicht allein gelingt, die Wurzel zu durchtrennen und zu entfernen, rufe ich bei einem Bekannten an, welcher über besseres Arbeitsmaterial verfügt. Er erscheint auch kurz darauf, und mit gemeinsamen Kräften gelingt es uns, schwitzend und keuchend die Wurzel zu entfernen. Bei dieser Arbeit fällt mir auf einmal siedend heiß ein, dass wir keinen ausreichenden Abstand zueinander haben, sondern ganz nah zusammen an der Wurzel ziehen und zerren. „Na ja", denke ich bei mir, „wird schon nicht so schlimm sein." Zwei Tage später müssen wir erfahren, dass der Bekannte mit Verdacht auf Covid-19 im Krankenhaus liegt. Der erste Test ist zwar negativ gewesen, jedoch will man ihn weiter in Quarantäne halten. So schnell kann es gehen!

Gestern, Sonntag den 15. März ist die Zahl der Infizierten in Deutschland auf 4838 gestiegen, davon fast 2100 in Nordrhein-Westfalen! Was empfinden die infizierten Menschen, was empfinden ihre Angehörigen?

In Frankreich sind inzwischen die Läden und Restaurants geschlossen worden, Spanien hat den Notstand ausgerufen!

Der Deutsche Hausärzteverband fordert eine Ausweitung der Regelung auf telefonische Krankschreibung auf 14 Tage. In Schleswig-Holstein bleiben Clubs und Fitnessstudios bis auf Weiteres geschlossen. Eine flächendeckende Schließung von Fitness-Studios wird es in Nordrhein-Westfalen laut Gesundheitsministerium vorerst nicht geben, allerdings sind dagegen ab heute alle Bars, Diskotheken, Kinos, Theater und Museen geschlossen.

Bezüglich des Fitnessstudios ziehe wir allerdings selbst die Reißleine und verzichten auf den zweimaligen Besuch des Studios pro Woche. Beim letzten Mal im Studio muss ich erkennen, wie unterschiedlich man doch in Bezug auf das Coronavirus denkt.

„Vielleicht hätte man besser alle Karnevalsveranstaltungen abgesagt, dann gäbe es jetzt nicht so viele Infizierte", wage ich in eine Diskussion zwischen den Besuchern einzuwerfen.

„Was für einen Unsinn du erzählst! Karneval absagen! Das kann man doch nicht machen, wir sind hier schließlich im Rheinland, und ein bisschen Spaß muss man den Menschen doch gönnen!", folgt prompt die kompromisslose Erwiderung in reichlich aggressivem Tonfall.

„Ein bisschen Spaß muss man den Menschen doch gönnen!" Sicherlich. Aber vielleicht nicht gerade im Karneval bei Massenveranstaltungen. Auch wenn ich selbst vor nicht allzu langer Zeit noch mitgefeiert habe. Heute würde ich mir lieber ein bisschen mehr Sicherheit vor dem Virus gönnen.

Ab heute sind die deutschen Grenzen zu Frankreich, Dänemark, Österreich, der Schweiz und Luxemburg außer für Pendler und den Warenverkehr geschlossen. Auch der Regionalverkehr der Deutschen Bahn wird heruntergefahren. Wer mit dem Bus fahren möchte, kann ab heute keine Fahrkarte mehr beim Fahrer kaufen.

Für viele Menschen ist es in dieser schwierigen Zeit besonders schlimm, dass es kaum noch Gottesdienste gibt. Für das Gebet bleiben die Kirchen jedoch geöffnet. Auch in Rom sind sämtliche Veranstaltungen zum Osterfest abgesagt.
Das Hamstern und Stehlen von Desinfektionsmitteln nimmt immer größere Ausmaße an. Politiker appellieren an die Menschen, sich solidarisch zu verhalten.

Irgendwie habe ich solche Appelle bisher der Nachkriegszeit zugeordnet. Sind wir bereits in einer ähnlichen Notsituation? Ich weiß es nicht!

In Griechenland ist die Zahl der Infizierten weit geringer als in Deutschland. Vielleicht sollten wir eine Woche früher hinfliegen und eventuell die Zeit dort verlängern. Ein befreundetes Ehepaar hat nahe bei Thessaloniki eine Ferienwohnung, welche noch frei ist. Ich überlege ernsthaft, das Hotel zu stornieren, was kostenlos möglich ist, und den Urlaub in der Ferienwohnung zu verbringen.

„Was hältst du davon?", frage ich Franziska.

Sie ist sich auch nicht ganz sicher, wie ernst die Lage hier in Deutschland ist, stimmt mir jedoch nach kurzer Bedenkzeit zu: „Ich denke, wir sollten das so machen. Die Fluggesellschaft hat doch signalisiert, dass man auf Grund der besonderen Situation kostenfrei umbuchen kann."

Gesagt, getan! Mit wenigen Klicks können wir einen Hinflug nach Thessaloniki am 21. März buchen, da es noch freie Plätze gibt. Wegen der Umbuchung des Fluges vom 28. März auf diesen Termin erreiche ich allerdings niemanden. Das Hotel kann ich ohne Probleme stornieren. Natürlich erst, nachdem wir uns versichert haben, dass die Ferienwohnung in diesen vier Wochen frei ist.

Danach fühlten wir uns irgendwie beruhigter. Noch ein paar Tage, dann fliegen wir in den Süden und können Corona erst einmal vergessen. So denken wir jedenfalls!

9

22. März 2020

Angela Merkel muss in Quarantäne!

Sie hatte Kontakt zu einem Arzt, welcher positiv auf Corona getestet worden ist.

Und wir? Was ist mit uns? Wir sind gestern nicht in Richtung Süden gestartet. Zwar war der Flug nicht abgesagt, aber nachdem wir gerade eingecheckt hatten, erreichte uns aus Griechenland die Nachricht, dass alle Einreisenden sich für 14 Tage in Quarantäne begeben müssen. Vierzehn Tage Quarantäne für anschließend knapp zwei Wochen Strandurlaub? Dann doch lieber nicht! Wir hätten uns ja auch irgendwie für die Zeit der Quarantäne dort mit Lebensmitteln versorgen müssen. Alles nicht so einfach!

In Griechenland sind die Maßnahmen wegen des Corona-Virus extrem streng, als erste Infektionen bekannt werden: Die Schulen werden geschlossen, aus dem Haus dürfen die Menschen nur noch nach einem Antrag per Handy oder auf ausgedruckten Papieren, in welchem Zeitpunkt und Grund für das Verlassen des Hauses genannt werden. Die Strafen bei Zuwiderhandlung der Maßgaben sind empfindlich. Auch die ansonsten an Ostern üblichen Fahrten der Familien in ihre Heimatorte sind grundsätzlich verboten, auf den Landstraßen werden Kontrollpunkte eingerichtet. Der Versuch mancher besonders einfallsreicher Griechen, ihren ersten Wohnsitz in die Dörfer zu verlegen und dann dorthin zu fahren, scheitert, da ein Wohnsitzwechsel in der Zeit vor Ostern auf den Ämtern nicht möglich ist. Alle diese Maßnahmen zeigen Erfolg: Die Infektionszahlen steigen kaum an.

Auch nächsten Samstag werden wir nicht fliegen, obwohl die Gefahr, uns mit dem Virus zu infizieren, dort weit geringer scheint als in Deutschland. Können wir gar nicht, da der Flug inzwischen gecancelt ist. Dass die Kosten erstattet werden, ist von der Fluggesellschaft versichert worden. Den eine Woche vorgezogenen, nicht wahrgenommenen Flug kann ich allerdings nicht auf einen späteren Zeitpunkt umbuchen, da wir bereits eingecheckt hatten und weder telefonisch noch per Chat bei der Fluggesellschaft jemand zu erreichen war. Mal abwarten, welche Antwort ich auf meine entsprechende Mail erhalten werde.

Was hat sich sonst in der vergangenen Woche noch Neues ergeben?

Diese Frage hört sich so harmlos an! Dabei war es die bisher sicherlich schlimmste Woche seit Ausbruch der Corona-Krise hier in Nordrhein-Westfalen, in ganz Deutschland und vielen anderen Ländern! Die Aussagen einiger Politiker beweisen das ohne Zweifel:

NRW-Ministerpräsident Laschet bezeichnet bei seinem Appell an die Bürger, die getroffenen Maßnahmen zu akzeptieren und zu befolgen, die Corona-Lage als „nicht nur dynamisch, sondern dramatisch" und ergänzt: „Es geht um Leben und Tod!"

Frankreichs Staatschef Emmanuel Macron verkündet am 17. März in Frankreich die Ausgangssperre mit den Worten: „Wir sind im Krieg."

Am Tag darauf verkündet Bundeskanzlerin Angela Merkel in einer Fernsehansprache an die Bevölkerung, der überhaupt ersten während ihrer Amtszeit, abgesehen von Neujahrsansprachen: „Seit dem Zweiten Weltkrieg gab es keine Herausforderung an unser Land mehr, bei der es so sehr auf unser gemeinsames, solidarisches Handeln ankommt."

Was erfahren wir eigentlich tatsächlich über die aktuelle Lage? Sagt man uns wirklich alles, was man weiß? Ich bin mir da nicht mehr so sicher!

Zumal inzwischen Lothar Wieler als Präsident des Robert-Koch-Instituts die Gefährdung durch das Virus nun als hoch einschätzt, die EU-Kommission ein Einreiseverbot für nicht EU-Bürger verkündet und in Deutschland zwei Tage später die Einreisebeschränkungen für EU-Bürger nach Deutschland sogar noch ausgeweitet werden, indem eine Einreise von Österreich, Italien, Spanien, der Schweiz, Luxemburg und Dänemark bis auf Ausnahmen nicht mehr gestattet ist. Belgien schließt seine Grenzen vollständig, nachdem es kurz vorher eine Ausgangssperre für drei Wochen verhängt hat.

Auch dass viele Krankenhäuser mehr Intensivstationen einrichten und man in Berlin plant, ein Coronavirus-Krankenhaus für bis zu 1000 Betten zu errichten, kann mich nicht beruhigen. Im Gegenteil!

Dass man sich selbst bei angeblich kompetenten Stellen nicht vollständig über den Grad der Gefährdung sicher zu sein scheint, wird bewiesen, als die Weltgesundheitsorganisation WHO am 17. März vor der Einnahme des Schmerzmittels Ibuprofen ohne ärztlichen Rat warnt, obwohl es keinen Beleg für eine höhere Sterblichkeit bei Corona-Infektionen gebe, dann am folgenden Tag diese Warnung jedoch wieder zurücknimmt.

Woran bitte sollen wir als Laien uns da noch halten?

Sicher ist nur, dass die Pandemie immer bedrohlichere Ausmaße annimmt. In Wuhan gibt es zwar erstmals seit Ausbruch der Krankheit keine Neuinfektionen mehr, dagegen steigt die Zahl der Infizierten in Spanien in nur einem Tag um dreißig Prozent auf mehr als 17 000, und in Italien sind bis zum 19. März bereits mehr als 3400 Menschen gestorben.

Dass dies bedeutet, dass wir auf unsere Wanderung nach Santiago de Compostela wohl verzichten müssen, ist bei Weitem nicht das Schlimmste. Zumal von der Bundesregierung der ernste Appell erfolgt, in nächster Zeit auf Urlaubsreisen zu verzichten. Dies hängt sicherlich auch damit zusammen, dass es bereits jetzt große Probleme gibt, die weltweit verstreuten Urlauber aus Deutschland zurückzuholen. Die 30 bis 40 von der Bundesregierung gecharterten Flugzeuge dürften kaum reichen, um die wahrscheinlich mehr als 100 000 Urlauber zurückzufliegen. Überhaupt bleiben auf den Flughäfen immer mehr Flugzeuge am Boden.

Das öffentliche Leben wird radikal heruntergefahren: Es gibt immer mehr Schließungen von Geschäften und öffentlichen Einrichtungen. Da das Verfahren nicht in allen Bundesländern völlig gleich gehandhabt wird, legt ein Bund-Länder-Beschluss am 23. März die nun geltenden Regelungen fest.

Laut dieses Bund-Länder-Beschlusses sollen ab jetzt die Kontakte zu Personen außer zu den Angehörigen im gleichen Haushalt auf ein Minimum reduziert werden. In der Öffentlichkeit ist ein Mindestabstand von 1,5 Metern zu anderen Personen einzuhalten. Gruppen feiernder Menschen sind sowohl in der Öffentlichkeit wie auch im privaten Bereich inakzeptabel. Gastronomiebetriebe und Dienstleistungsbetriebe im Bereich der Körperpflege wie auch die meisten Geschäfte bleiben geschlossen. Überall müssen die Hygienevorschriften eingehalten werden. Für die Supermärkte gelten strengere Regeln für den Einlass in die Märkte. So ist nur jeweils ein Kunde für zehn Quadratmeter erlaubt.

Wir befinden uns im Lockdown!

Restaurants dürfen in Nordrhein-Westfalen zunächst nur noch bis längstens 18 Uhr geöffnet haben, wenige Tage später werden sie in allen Bundesländern vollständig geschlossen.

Weit schlimmer ist, dass auch sämtliche Tagespflegeeinrichtungen keine Betreuungsangebote mehr anbieten dürfen. Alte Menschen werden damit ihrer persönlichen Kontakte gänzlich beraubt, da auch der private Kontakt zu ihnen wegen der Gefährdung möglichst eingestellt werden soll.

Verzichten müssen wir auch in nächster Zeit darauf, unsere Enkelkinder zu sehen, sie zu umarmen, zu herzen, zu knuddeln. Videotelefonie stellt da nicht wirklich eine Alternative dar.

Beim Begrüßen von Freunden und Verwandten wird in dieser Zeit aus begreiflichen Gründen auf das Wangenküsschen verzichtet. Wie lange wohl? Bereits im alten Rom gab es diese Form der freundschaftlichen Begrüßung, und sie blieb weit verbreitet, bis die Pestepidemie ihr für lange Zeit ein Ende bereitete. Hoffentlich müssen wir beziehungsweise unsere Nachfahren nicht wieder Jahrzehnte oder Jahrhunderte warten, bis der Wangenkuss wieder als Begrüßungsart verbreitet ist.

Meine über neunzigjährige Mutter hat wie viele Hochbetagte unter der Situation besonders zu leiden. Da ich große Angst habe, sie anzustecken, kaufe ich zwar für sie ein und bringe ihr das Nötigste, der Kontakt besteht jedoch nur darin, sich mit Abstand gegenüber zu sitzen: ich im Treppenhaus, sie auf einem Hocker in der Wohnung!

Nicht nur sie leidet unter dieser Situation, mir geht es genauso, doch sehen wir beide ein, dass die Maßnahmen alternativlos sind.

Überhaupt hat sich meine Meinung in Bezug auf das Virus grundlegend geändert. Von jemand, der die Gefahr abgeleugnet und sogar Späßchen darüber gemacht hat, bin ich zu jemand geworden, der die Befürchtungen und Ängste so vieler teilt und die vorgegebenen Regeln peinlich genau einhält: Verzicht auf den Handschlag oder sogar die Umarmung zur Begrüßung, Abstand zu anderen, Verzicht auf nicht unbedingt notwendige Kontakte, vor allem zu den „besonders gefährdeten Menschen". Auch spazieren gehen soll man möglichst nur noch alleine oder mit den eigenen Kindern, auf keinen Fall mit anderen Menschen zusammensitzen, nicht einmal im eigenen Garten. Und Händewaschen! Händewaschen bei jedem Kontakt mit Dingen, welche sich außerhalb der eigenen Wohnung befinden. Habe ich mir vorher schon mindestens zehnmal am Tag meine Hände gewaschen und dies für eine Marotte gehalten, so kann ich inzwischen eine achtzig- bis hundertprozentige Steigerung feststellen. Dazu hat Franziska vorsichtshalber eine spezielle, antibakterielle Seife gekauft, die wahrscheinlich keinen größeren Wirkungsgrad hat, dafür jedoch bestialisch stinkt.

In den Krankenhäusern wird mittlerweile der Vorrat an Schutzkleidung, Mund-Nase-Masken und Desinfektionsmitteln knapp. Aber in der nächsten Woche sollen nach Köln 700 000 Schutzmasken geliefert werden. Woher? Aus China natürlich!

Auch im Sport hat man inzwischen überwiegend die Reißleine gezogen. Die Fußballeuropameisterschaft im Sommer 2020 ist abgesagt und auf 2021 verlegt, ebenso finden zunächst keine Champions-League- und Europa-League-Spiele mehr statt. Im Tennis sind die French-Open und das Wimbledon-Turnier abgesagt, nur in Japan hält man weiter an dem Termin für die Olympischen Spielen vom 24. Juli bis 9. August 2020 fest.

In den Schulen hat man die Notbetreuung von Kindern, welche bisher überraschend kaum angenommen wurde, auf die Wochenenden und die Osterferien ausgedehnt, wenn ein Elternteil in einem „systemrelevanten Beruf" arbeitet. Bei dieser Bezeichnung frage ich mich wieder einmal, welcher Begriff wohl demnächst zum Wort des Jahres 2020 erklärt werden wird. Wahrscheinlich werden noch einige Alternativen hinzukommen.

Vielleicht kommen ja auch Begriffe aus der Wirtschaft in Frage, zum Beispiel das von EZB-Chefin Christine Lagarde verkündete „Notkaufprogramm" für Anleihen in Höhe von 750 Milliarden Euro.

Auch in Nordrhein-Westfalen will man in Not geratenen Unternehmen helfen, dazu werden fünfundzwanzig Milliarden Euro zur Verfügung gestellt, was das größte Programm des Bundeslandes seit seinem Bestehen bedeutet. Dazu soll auch den vielen Menschen geholfen werden, welche durch Kurzarbeit finanzielle Probleme haben. Da mutet es nahezu paradox an, dass ein Teil der Bundesligaspieler freiwillig auf einen Teil ihres Gehalts verzichten möchte. Eine Geste der Solidarität ist es natürlich trotzdem.

Ein anderes Problem ergibt sich in vielen Aldi-Filialen: Man sucht nach Mitarbeitern, um die ständig steigenden Mengen von Kunden und das Auffüllen der Regale zu bewältigen. Als Abhilfe wird eine Kooperation mit McDonald´s geschlossen, da dort wegen der Restaurantschließungen weniger Personal benötigt wird. Ein Vorzeigebeispiel für deutsch-amerikanische Zusammenarbeit! Auch Ikea schließt sämtliche deutsche Filialen.

Am 19. März beraten die Ministerpräsidenten der Länder über eine Ausgangssperre. In Bayern entscheidet man sich dafür, dass ab dem 21. März die Menschen ihre eigene Wohnung nur noch bei triftigen Gründen verlassen dürfen. Dazu zählen notwendige Einkäufe, der Weg zur Arbeit, zum Arzt und zur Apotheke oder zur Hilfeleistung für andere. Sport und Bewegung an der freien Luft bleiben erlaubt. Nordrhein-Westfalens Ministerpräsident Laschet verkündet dagegen noch am 20. März: „Eine Ausgangssperre bleibt das letzte Mittel." Mal abwarten, wann dieses „letzte Mittel" ergriffen wird. Ich habe die Befürchtung, dass es nicht mehr lange dauern wird.

Am heutigen Sonntag hat Armin Laschet dann bereits nachgelegt und Treffen von mehr als zwei Personen in der Öffentlichkeit mit Ausnahme von Familien und gemeinsam Wohnenden unter Androhung von drastischen Strafen verboten. Schon jetzt sollen in Köln und anderen Städten Menschenansammlungen von mehr als zwei Personen aufgelöst werden.

Große Enttäuschung und Trauer herrscht in manchen Familien besonders darüber, dass in nächster Zeit die geplanten Erstkommunionen und Konfirmationen abgesagt sind und selbst Bestattungen nur noch im engsten Kreis stattfinden dürfen.

Dann sind in dieser Woche noch andere Entwicklungen deutlich geworden, welche es vor Corona nicht gegeben hat. Es hat einen solchen Run auf die Gartencenter und Baumärkte gegeben, dass viele Kunden vor dem Eingang warten mussten, bis sie einen Einkaufswagen übergeben bekamen. Mit Abstand? Schweigen wir darüber lieber! Jedenfalls haben die vermehrte Kurzarbeit und die eingeschränkten Möglichkeiten im öffentlichen Leben dazu geführt, dass es nun viel mehr Hobbygärtner und Hobbybastler gibt.

Die eingeschränkte Mobilität hat leider jedoch auch zu einem Ansteigen der häuslichen Gewalt geführt, da manche Menschen wohl nicht mehr daran gewöhnt sind, auf engem Raum zusammenzuleben. Besonders bedauerlich ist dies für die Kinder, welche statt ihres täglichen Unterrichts in der Schule am Vormittag, manchmal sogar auch am Nachmittag nun viele Stunden mit der ganzen Familie verbringen müssen. Dabei sollte dies eigentlich doch zu einer engeren Beziehung zwischen Eltern und Kindern führen. Ich hoffe, dass es auch in der überwiegenden Zahl der Familien so ist.

Nebenbei zu erwähnen ist auch noch, dass der Absatz von Kondomen und Sexspielzeug deutlich, beinahe auf die doppelte Menge angestiegen ist. Ob es sich hierbei um Hamsterkäufe handelt oder die Kondome zum direkten Gebrauch bestimmt sind, ist leider nicht untersucht worden.

Zum Abschluss dieser so ereignisreichen Woche noch eine kleine, aber sehr schöne Randnotiz: An diesem Samstag haben tausende Dortmunder von ihren Balkonen oder aus den Fenstern ihrer Wohnungen die BVB-Hymne angestimmt, und das genau um 19:09 Uhr, dem Gründungsjahr von Borussia Dortmund.

In diesem Sinne sollten wir alle die derzeitige Situation betrachten, uns entsprechend verhalten und an den Text der BVB-Hymne denken: „You´ll never walk alone!"

10

24. März 2020

Die Situation in vielen europäischen Ländern verschärft sich mehr und mehr:

In Italien steigen die Zahlen immer weiter, inzwischen auf den weltweit höchsten Stand. An einem einzigen Tag sterben mehr als 700 Menschen an dem Virus!

In Großbritannien werden noch schlimmere Folgen befürchtet, da es dort nicht genügend Beatmungsgeräte gibt. Premierminister Boris Johnson hat in einer Fernsehansage Ausgangsbeschränkungen verkündet.

In Frankreich nähert sich die Zahl der an Covid-19 Verstorbenen der 7000, an einem Tag sterben über 1000 Menschen!

Tschechien schließt seine Grenzen nun auch für eigene Staatsbürger, welche im Ausland arbeiten, was große Auswirkungen auf die Pflegeeinrichtungen in Deutschland hat.

Indien stellt den gesamten Zugverkehr ein, wovon auch der öffentliche Nahverkehr betroffen ist.

In Nordrhein-Westfalen ist weiterhin der Kreis Heinsberg am stärksten betroffen, dort leistet inzwischen die Bundeswehr Nothilfe.

Meine Sorge, die meiner Ehefrau, die unserer ganzen Familie steigt immer mehr an. Es ist nicht wirklich ein Trost, dass wir das mit vielen Familien in Deutschland, Europa, ja, der ganzen Welt gemeinsam haben. Wird die Gefahr immer näher rücken? Welche Gegenmaßnahmen werden von der Politik ergriffen, welche kann man selbst ergreifen?

Wir sind inzwischen bemüht, so wenig wie möglich zum Einkauf in die Supermärkte zu gehen. Das fällt umso leichter, da es dort in vielen Fällen Einlasskontrollen gibt und die Zahl der Kunden durch die limitierte Zahl der Einkaufswagen begrenzt wird. So soll der Wert von mindestens zehn Quadratmeter Fläche pro Kunde erreicht werden.

Auf den Besuch der Einrichtungen der Gastronomie brauchen wir als Sicherheitsmaßnahme gar nicht von uns aus zu verzichten, sie sind bis auf Imbissbuden sowieso alle geschlossen. Lediglich die Bestellung, Lieferung oder Abholung von Speisen zum Verzehr zu Hause ist noch gestattet und wird von vielen wahrgenommen. Da fragt man sich bei allem Verständnis für die finanziellen Probleme der Gastronomie, ob es in vielen Familien niemanden gibt, der kochen kann. Oder wollen manche dadurch nur einen Akt der Hilfe für Restaurants und Gaststätten vollziehen? Der Verzehr der Nahrungsmittel ist jedenfalls im Umkreis von fünfzig Metern nicht gestattet, bei Zuwiderhandlung drohen hohe Strafen für die Kunden, für die Besitzer der Lokale und Imbissstände die sofortige Schließung. Paradox mutet es an, dass in städtischen Regionen zuweilen zwei Eisdielen in einem Abstand von weniger als einhundert Metern zu finden sind. Wenn man das meist nur noch in Bechern verkaufte Eis in einem Abstand von mehr als fünfzig Metern zum Ort des Einkaufs verzehren möchte, gerät man leicht in den Einzugsbereich der anderen Eisdiele. Hat man sich nun eines Vergehens schuldig gemacht?

Dazu gibt es mittlerweile in Nordrhein-Westfalen einen detaillierten Bußgeldkatalog, welche Strafen von mindestens 200€ bei einmaligen Verstößen gegen die Schutzmaßnahmen, bei mehrfachen Verstößen bis zu 2500€ vorsieht. Vielleicht sind solche Androhungen aber gar nicht nötig, um die Menschen zur Vernunft zu bringen. Immerhin gibt es große Zustimmung zu den Corona-Maßnahmen. Mit dem geforderten Kontaktverbot erklären sich sogar fünfundneunzig Prozent der Menschen in Deutschland einverstanden. Wenn ich allerdings manche Menschen betrachte, halte ich bei diesen die Zustimmung für ein reines Lippenbekenntnis, dem das Verhalten nicht entspricht. Vielleicht bin ich aber auch inzwischen zu kleinlich. Ich merke, wie das Virus meine Wahrnehmung und meine Reaktionen darauf verändert.

Das IOC ist mit seinem Präsidenten Thomas Bach doch tatsächlich zur Erkenntnis gekommen, dass man die Olympischen Spiele in Japan in diesem Jahr nicht stattfinden lassen könne, und hat sie daher auf das nächste Jahr verschoben. Da haben die vielen Sportler, welche mit Unverständnis auf das Hinauszögern dieser Entscheidung reagiert haben, ihren Einfluss doch noch geltend gemacht. Oder war es etwa die große Politik, welche hierzu geführt hat?

Im Internet taucht heute ein besonders seltsamer Tipp auf, wie man sich vor einer Infektion mit dem Coronavirus schützen kann: Man solle für einige Minuten heiß duschen, das Virus könne Temperaturen von über siebenundzwanzig Grad nicht überleben. Toll! Wenn man bedenkt, dass der menschliche Körper normalerweise ungefähr siebenunddreißig Grad aufweist, brauchen wir uns doch keine Sorgen mehr zu machen!

Da gefällt mir ein Ratschlag auf einer griechischen Internetseite aber noch besser: Der Verzehr von Tsipouro, das ist griechischer Grappa, schütze auf jeden Fall vor einer Infektion. Da kann man nur noch „υγεια μας", „Prost" sagen!

Wenn auch das Robert-Koch-Institut vorsichtig optimistisch ist, dass die Infektionszahlen sich langsam abschwächen, werden die wirtschaftlichen Folgen der Krise immer evidenter. So wird laut einer Hochrechnung des Instituts für Wirtschaftsforschung ein Schaden von hunderten von Milliarden eine Folge des wirtschaftlichen Einbruchs sein. Zudem werden mehr als eine Million zusätzliche Arbeitslose allein in Deutschland erwartet. Dazu passt, dass Volkswagenwerke in Deutschland und ganz Europa geschlossen werden und 80 000 Beschäftigte in Kurzarbeit sollen.

Die Bundesregierung beschließt wegen der befürchteten negativen wirtschaftlichen Folgen ein Paket von 156 Milliarden an Wirtschaftshilfen, um die Schäden zu begrenzen.

Auf solche Beschlüsse oder Ankündigungen reagieren die Börsen mit erheblichen Aufschlägen, der DAX an einem Tag allein mit Gewinnen von über zehn Prozent, was mich immerhin nach bis dahin erheblichen Verlusten auch im eigenen Depot für eine kurze Zeit etwas freundlicher dreinblicken lässt. Viele Anleger nehmen die Kursgewinne als Signal, dass es weiter aufwärts geht, und investieren in Aktien und Fonds. Ich reagiere da etwas vorsichtiger und erhöhe lediglich unsere Sparpläne, da ich noch nicht an ein Ende der Krise glauben kann. Wer die bessere Entscheidung getroffen hat, wird die Zukunft zeigen.

Imponierend in diesen Tagen sind die Zeichen von Empathie und Solidarität. So sollen in Nordrhein-Westfalen schwer erkrankte Patienten aus Italien behandelt werden, da in ihrem Heimatland nicht genügend Intensivplätze zur Verfügung stehen. Deutschland hat eine hohe Versorgungsdichte mit Intensivbetten, die Situation in Italien, aber auch in Spanien und den Niederlanden ist dagegen deutlich schlechter. Schrittweise sollen daher über einhundert Corona-Patienten in deutschen Krankenhäusern behandelt werden.

Klosterfrau Healthcare will 100 000 Liter Desinfektionsmittel zur Verfügung stellen, auch Jägermeister, Pernod und andere Unternehmen wollen in dieser Hinsicht helfen.

Im Lebensmittelhandel will Rewe als erstes Unternehmen den Beschäftigten einen Bonus für ihren besonderen Einsatz zahlen.

Hervorzuheben ist eine Aussage des UN-Generalsekretärs Antonio Guterres, welcher einen weltweiten Stopp von Kampfhandlungen fordert: „Beendet die Seuche Namens Krieg und bekämpft die Krankheit, die unsere Welt verwüstet."

Schön wäre es, wenn alle Länder, alle Politiker in dieser schweren Zeit zur Vernunft kommen und Guterres´ Appell erfüllen würden. Doch daran zu glauben, wäre wohl etwas zu vermessen!

11

31. März 2020

In Deutschland bestimmt weiterhin der Lockdown das tägliche Leben!

Jetzt werden zur Information täglich zwei Werte zum Infektionsgeschehen veröffentlicht: die Verdopplungszeit und die Reproduktionszahl. Verdopplungszeit bedeutet die Zahl an Tagen, in welcher sich die Zahl der Infizierten verdoppelt hat, die Reproduktionszahl sagt aus, auf wie viele andere Menschen ein Infizierter das Virus überträgt.

Inzwischen liegt der Wert der Verdopplung der Infizierten in Deutschland bei 5,9 Tagen. In Italien, wo die Epidemie früher ausgebrochen ist, liegt die Verdopplungszeit zum Beispiel „nur noch" bei 11,1, in den USA bei 3,8 und in der Türkei bei 2,3. Bei der Reproduktionszahl weist Deutschland einen Wert von unter 1 auf, was als unkritischer Wert gedeutet wird.

Daher sieht Gesundheitsminister Jens Spahn keine Notwendigkeit, Menschen zum Tragen von Masken zu verpflichten. Auf die Frage, ob es auch für Privatleute sinnvoll sei, Masken zu tragen, hat die Regierung bereits kurz vorher geantwortet, dass dies vielleicht „eine sinnvolle Ergänzung" sei, besonders beim Einkauf, dies sei jedoch keine Pflicht, sondern eine freiwillige Entscheidung. In kleinen Schritten scheint sich hier die Meinung zu verändern, denn noch kurz zuvor hatte man die Sinnhaftigkeit des Maskenschutzes bezweifelt.

Ob nicht hier die Menge der in Deutschland zur Verfügung stehenden Masken eine entscheidende Rolle spielt? Nachdem zunächst viel zu wenige Masken verfügbar waren, hat sich die Situation inzwischen geändert. Die Regierung Nordrhein-Westfalens hat fünf Millionen Masken gekauft, von welchen die ersten bereits geliefert wurden.

Der Mangel an geeigneten Masken hat zuvor dazu geführt, dass der Preis für FFP2-Atemmasken explodiert und von weniger als 50 Cent pro Stück auf über 14 Euro gestiegen ist, somit um dreitausend Prozent, so dass die Regierung regulierend eingreifen musste.

Es gibt inzwischen durchaus auch Meldungen, welche für eine positive Entwicklung sprechen. So hat man die Isolation von Wuhan, wo die Pandemie ihren Ursprung hat, nach mehr als zwei Monaten gelockert. Auch steigt in Nordrhein-

Westfalen die Zahl der Infizierten weniger stark, doch beruhigen kann mich das nicht wirklich. Dazu sind die negativen Schlagzeilen zu übermächtig:

Die Zahl der an Covid-19 Verstorbenen in Italien hat die 10 000 überschritten, in Frankreich haben sich mehr als 25 000 Menschen infiziert. In Europa ist Spanien neben Italien mit über 7300 Toten am stärksten betroffen. In NRW ist die Zahl der Verstorbenen am 26. März innerhalb eines Tages von 16 auf 82 gestiegen, nur einen Tag später sind es hier bereits über 12 000 Infizierte. In den USA gibt es nach einer Vervierfachung in einer Woche mehr als 100 000 bestätigte Fälle, mehr als in jedem anderen Land der Erde.

Und was sagt Präsident Donald Trump auf die Frage nach den besonders betroffenen Bundesstaaten dazu? „Eine Quarantäne wird nicht notwendig sein."

Diese Ignoranz lässt sich nur mit dem Verhalten des brasilianischen Präsidenten Bolsonaro vergleichen, der die Hysterie im Zusammenhang mit dieser „kleinen Grippe" beklagt.

Man muss sich fragen, womit die Menschen es verdient haben, von solchen Politikern regiert zu werden. Die Antwort kann nur lauten: mit ihrem eigenen Wahlverhalten!

Bei diesen ganzen Entwicklungen kann es nicht verwundern, dass es derzeit weit mehr Anrufe bei der Telefonseelsorge gibt als in vorigen Jahren, wovon die meisten im Zusammenhang mit der Pandemie stehen.

Auch die Schülerinnen, Schüler, Lehrerinnen und Lehrer werden weiter verunsichert. Sollen nach bisherigen Aussagen die Abiturprüfungen laut der Kultusministerkonferenz der Länder wie geplant stattfinden, worauf die Schülervertretung eine Verschiebung fordert, heißt es zwei Tage später in Nordrhein-Westfalen von Yvonne Gebauer, Ministerin für Schule und Bildung, dass die Prüfungen um drei Wochen verschoben werden. Zudem sei sie der festen Meinung, dass die Schulen nach den Osterferien wieder öffnen könnten.

Weiterhin schlimm ist die Situation besonders für alte und behinderte Menschen. Von der Schließung der Werkstätten für Behinderte sind 80 000 Menschen betroffen. Wie bei vielen alten Menschen bedeutet dies eine drastische Reduzierung der sozialen Kontakte.

Alle Großeltern sind traurig, dass man, wie Armin Laschet verkündet, in den Familien besser auf ein gemeinsames Osterfest mit Großeltern verzichten solle.

Papst Franziskus spendet bereits zwei Wochen vor dem regulären Osterfest als erster Papst überhaupt den Segen „Urbi et Orbi" unabhängig von Ostern und Weihnachten vor dem leeren Petersplatz in Rom.

So viele kleine Dinge sind es, die uns die besondere Situation, ja, das Einmalige dieser Situation in Erinnerung rufen!

Das Formel-1-Team von Mercedes stellt die Produktion um und kurzfristig mehrere tausend Exemplare von Beatmungsgeräten her. Die Kölner Gruppe BAP veröffentlich als Ehrung für die „Helden des Alltags" den Song „Huh die Jläser, huh die Tasse". Finanzminister Olaf Scholz erklärt, dass für Pflegekräfte, Verkäufer, Ärzte und LKW-Fahrer ein Bonus von bis zu 1500 Euro steuerfrei sei, und Bundespräsident Frank-Walter Steinmeier fordert in einer Videobotschaft zu Solidarität auf und dankt der Bevölkerung dafür.

Alle diese Nachrichten machen Mut und geben einem Kraft zum Durchhalten. Viele

Menschen erkennen, wie wichtig es ist, füreinander da zu sein, zu helfen – mit Taten zu helfen, aber auch mit Worten.

Und was macht Adidas in dieser bedrohlichen Situation? Adidas kündigt an, ab April wegen der geschlossenen Filialen keine Mieten mehr zu zahlen. Deichmann, Puma und H&M kündigen ein ähnliches Verhalten an.

Soviel zur Solidarität! Da kann man nur noch den Kopf schütteln angesichts einer solchen Ignoranz!

Einige Personen sind diese Woche besonders ins Blickfeld der Medien geraten:

Angela Merkel: Ihre Quarantäne wird aufgehoben, da sowohl der zweite wie dritte Corona-Test negativ sind.
Charles, Prince of Wales: Ist positiv auf das Coronavirus getestet worden.
Premierminister Boris Johnson: Ist ebenfalls positiv getestet worden, was niemanden erstaunt, nachdem er ohne Sicherheitsabstand Infizierte besucht und am Händeschütten bei den Begrüßungen festgehalten hat.
Armin Laschet: Ist entgegen Bundeskanzlerin Angela Merkel dafür, über „Exit-Strategien"

nachzudenken. Er stellt klar: „Wir müssen schon jetzt die Zeit in den Blick nehmen, in der die rigiden Maßnahmen erste Wirkung zeigen."

Die Bevölkerung in Nordrhein-Westfalen ist geteilter Meinung. Zwar hofft man auf die Rücknahme mancher Maßnahmen, befürchtet sie auf der anderen Seite aber auch wegen der Gefahr eines schlimmeren Ausbruchs der Epidemie.

Die Verunsicherung zeigt sich auch darin, dass in der ersten Woche des Lockdowns über achtzig Prozent weniger Menschen auf den Straßen zu sehen sind. Es ist schon gespenstisch, durch eine nahezu völlig menschenleere Fußgängerzone zu gehen. Diese Erfahrung mache ich, als ich vom Parkplatz zu meiner Mutter gehe, um sie mit Nahrungsmitteln zu versorgen, natürlich nur vom Treppenhaus zur Haustüre. Irgendwie kommt mir die Situation so vor, wie man sie aus amerikanischen Katastrophenfilmen kennt. Parkplätze findet man übrigens überall in der Innenstadt in großer Anzahl!

Auch auf den Straßen außerhalb der Orte gibt es deutlich weniger Verkehr, wenn man einmal vom LKW-Verkehr, welcher ja weiterhin notwendig ist, absieht. Wohin sollen die Menschen, abgesehen von denen, die arbeiten müssen, auch fahren? Urlaubsreisen gibt es nicht mehr, wie auch meine eigenen Erfahrungen zeigen. Immerhin ist inzwischen ein Großteil der deutschen Urlauber zurückgeholt, welche in Ländern gestrandet waren, von denen aus es keine regulären Flüge mehr gibt.

Auch in dieser Woche gibt es natürlich wieder Nachrichten, über welche man nur den Kopf schütteln kann.

So ist die Nachfrage nach Toilettenpapier nicht nur in vier Wochen um achthundert Prozent gestiegen, nein, jetzt wird sogar ein Einbruch in einen Toilettenwagen mit einer Beute von zwanzig Rollen der begehrten Ware gemeldet. Und die Idee eines Dortmunder Konditors, einen Klopapierkuchen anzubieten, wird von seinen Kunden mit Begeisterung aufgenommen.

Als neue Verschwörungstheorie ist mittlerweile die Vermutung im Umlauf, dass es sich bei dem Corona-Virus um eine im Labor erzeugte Biowaffe handelt. Die umgehende Antwort von Wissenschaftlern, dass es sich bei dem Coronavirus um eine Weiterentwicklung eines Virus tierischen Ursprungs handelt und die Ansteckung von Menschen wahrscheinlich auf einem Wildtiermarkt in Wuhan erfolgt sei, findet natürlich bei den Verschwörungstheoretikern keinen Glauben.

Wie unsinnig manche Menschen mit der Situation umgehen, zeigt auch die Meldung, dass das Anspucken von Polizisten, manchmal verbunden mit der Aussage „Ich habe Corona!", eine neue Art des Widerstands sei.

Alle diejenigen, welche auf ein schnelles Ende der Pandemie hoffen, werden verunsichert, als Wissenschaftler verkünden, dass ein Ende der Pandemie in Deutschland nicht vor August oder Dezember zu erwarten sei und bis dahin zeitweise über eine Million Menschen gleichzeitig an Covid-19 erkrankt sein werden.

Zu dieser Aussage passt die deutlich steigende Zahl von Infektionen in Altenheimen.

Doch hier liegt nicht die einzige Gefahr. Viele Menschen verschieben notwendige Untersuchungen, Operationen und sogar Chemotherapien aus Angst vor Ansteckung in den Krankenhäusern. Dies wird nicht nur von vielen Ärzten als schwerwiegendes Problem gesehen. Kinderärzte appellieren an Eltern, nicht auf notwendige Untersuchungen und Impfungen ihrer Kinder zu verzichten.

Mich führt das zur Frage, ob ich den Termin zum Checkup wahrnehmen oder besser verschieben soll. Die Tendenz geht klar zur zweiten Alternative. Ich fühle mich ja gut, weshalb also einem Risiko aussetzen. Oder wähle ich so ein größeres Risiko? Ich weiß es einfach nicht! Viele alltägliche Entscheidungen sind so schwierig geworden!

12

14. April 2020

Heute haben wir den Geburtstag meiner Mutter gefeiert. „Gefeiert" ist der falsche Ausdruck. War es sonst immer so, dass wir uns mit der ganzen Familie getroffen und dann lecker gegessen haben, mal im Restaurant, mal bei uns zu Hause, so ist davon heute wegen Corona nicht viel übriggeblieben. Die Kinder und wir haben uns abgesprochen, wann jeder zum Gratulieren zu meiner Mutter kommen wollte, so dass sie den ganzen Tag über immer wieder Besuch hatte, wenn auch nur für kurze Zeit. Dem Grad der Angst entsprechend, sie anzustecken, fand der Besuch mal im Treppenhaus vor der Wohnung, mal mit großem Abstand in der Wohnung statt. Auf Geschenke außer Blumen und mitgebrachtem Kuchen mussten wir alle wegen des Lockdowns weitgehend verzichten. Aber darum geht es ja auch nicht. Wichtig ist in dieser Zeit, dass man aneinander denkt, zueinander Kontakt hat und ein paar Sätze miteinander reden kann. Wie notwendig ist das während dieser Pandemie besonders für alte Menschen! Oft sind sie seit Wochen nicht mehr aus dem Haus gekommen, haben kaum andere Personen gesehen und drohen zu vereinsamen.

Am schlimmsten ist dies für Menschen in den Pflegeheimen, welche krank sind oder sogar im Sterben liegen. Deren Zahlen steigen immer weiter an. So sind in einem Pflegeheim in Sankt-Augustin nicht nur viele Insassen, sondern auch nahezu alle Pflegekräfte an Corona erkrankt oder müssen in häusliche Quarantäne. Die Infizierten werden in die umliegenden Krankenhäuser verteilt, so dass nur wenige Bewohner im Pflegeheim verbleiben. An Besuche ist natürlich wie in vielen anderen Einrichtungen nicht zu denken! Wenn man dies hört, wird einem bewusst, wie unmenschlich man sich in solchen Zeiten verhalten muss!

Trotz allem war es ein schöner Tag für die Familie, weil wir einen Weg gefunden haben, den Kontakt zwischen den Generationen aufrecht zu erhalten. Solch eine Freude, besonders bei meiner Mutter, kann Mut machen für das, was noch vor uns liegt.

Franziska und ich sind inzwischen dazu übergegangen, mehrmals in der Woche ausgedehnte Wanderungen in der Eifel, in der Ville und im Kottenforst zu unternehmen. So machen wir uns mit Verpflegung im Rucksack und wetterfester Kleidung dreimal in der Woche auf den Weg und wandern dann zwölf bis fünfzehn Kilometer. Nach zwei Dritteln des Weges suchen wir uns einen schönen Platz, um unseren Kaffee und die mitgenommenen Kleinigkeiten zu genießen. Für eine Einkehr gibt es ja wegen des Lockdowns keine Möglichkeit. Einige Bekannte werfen uns vor, dass wir uns nicht an die Forderung, zu Hause zu bleiben, „stay at home" halten. Wir haben bezüglich unserer Wanderungen dennoch kein schlechtes Gewissen, da wir nahezu keinerlei Kontakt zu anderen Menschen haben. Man kann zwei bis drei Stunden durch die Eifel wandern, ohne einem anderen Menschen zu begegnen. Und auf eine Einkehr in ein Café oder Gasthaus muss man ja eh verzichten.

Das ist übrigens eines der Dinge, welche mir fehlen. Wie gerne suche ich sonst irgendein Café oder eine Außenterrasse auf, um einen Cappuccino oder Milchkaffee zu trinken! Aber auch das wird hoffentlich irgendwann wieder möglich sein.

Durch unsere Wanderungen ist uns bewusst geworden, wie schön es in der nahen Umgebung ist. Dazu trägt natürlich das herrliche Wetter bei: Sonnenschein beinahe an jedem Tag von morgens bis abends. Etwas traurig sind wir schon, dass unser Plan, von Porto nach Santiago de Compostela auf dem Jakobsweg zu wandern, sich wahrscheinlich in diesem Jahr nicht verwirklichen lässt. Eine Absage des Fluges nach Porto haben wir bis jetzt jedoch noch nicht erhalten. Auf diese müssen wir auf jeden Fall warten, bevor wir die Hotels und den Gepäcktransport stornieren, da es sonst keine Erstattung von der Fluggesellschaft gibt. Auf meine Mail bezüglich der Umbuchung des Fluges nach Griechenland im März habe ich übrigens bisher nur die Mitteilung erhalten, dass diese eingegangen sei. Ich habe nicht mehr viel Hoffnung auf eine Erstattung des Flugpreises.

Die ausgedehnten Wanderungen haben neben viel Kondition und etwas Gewichtsabnahme als positiven Aspekten an einigen wenigen Tagen aber auch dazu geführt, dass die Stimmung bei Franziska und mir völlig im Keller war. Das war zum Beispiel so, als bei einer Tour in der Beschreibung der Wanderfibel der Ort Mulartshütte als Ausgangspunkt mit Schevenhütte verwechselt worden war und wir mehr als eine Stunde ohne Erfolg nach dem als Startpunkt genannten Parkplatz gesucht hatten. Das entsprechende Buch entsorgte Franziska dann auch sofort nach der Rückkehr zu Hause im Papiermüll, wobei sie mir drohte: „Wehe, du holst das Buch wieder aus dem Müll!"

Ein anderes Mal hatten wir uns eine nicht sehr weite und übersichtliche Wanderung im

Kottenforst vorgenommen, mussten allerdings, als wir uns auf dem Rückweg nahe dem Ausgangspunkt wähnten, feststellen, dass wir fast bei Bonn waren und unser Auto sechs Kilometer entfernt stand. Dass es dorthin nur einen Weg entlang einer stark befahrenen Landstraße gab, war der Stimmung bei uns nicht gerade zuträglich. Schweigend legten wir hintereinander trottend die nächste Stunde zurück, bis wir am Ausgangspunkt ankamen. An diesem Ärger konnte ich ausnahmsweise dem Coronavirus keine Schuld geben.

Um sicherzugehen, dass so etwas nicht wieder passiert, werden wir uns in der nächsten Zeit mehr in der nahen Umgebung und auf bekanntem Terrain aufhalten.

Die meisten Leute richten sich die Woche über beim Spaziergang nach den Vorgaben, so dass es kaum zu Kontakten kommen kann. Auf den Wanderwegen in der Eifel gibt es wie gesagt sowieso kaum Begegnungen. Anders sieht es am Wochenende in Nähe der Städte und am Rheinufer aus. Von den erlaubten zwei Personen oder mehreren solchen aus nur einem Haushalt kann man oft nicht sprechen. Hier zeigen sich dann die negativen Auswirkungen des herrlichen Wetters. Ganze Städte scheinen unterwegs zu sein und an die Vorgaben zum Schutz vor Infektionen in keiner Weise zu denken, was die von der Polizei berichteten vermehrten Verstöße gegen die Kontaktsperren am Osterwochenende zeigen. Dabei handelt es sich nicht etwa um die oft zu Unrecht gescholtenen Jugendlichen. Nein, besonders auffällig waren die Erwachsenen!

Als Beispiel mag hier ein leicht zu durchschauender Trick gelten, welcher uns an einem Samstag auf dem Rundweg um den Zülpicher See auffällt: Zunächst beggnen uns zwei junge Frauen, fünf Meter weiter folgen ihnen zwei Männer, die offensichtlich zu ihnen gehören, und als Abschluss der Gruppe stürmen vier Kinder hinter ihnen her und rufen laut nach Mama und Papa. Soviel zu der Regelung, dass nur Menschen aus einem Haushalt oder höchsten zwei Personen aus verschiedenen Haushalten zusammen spazieren sollen. Völlig ad Absurdum wird diese Regelung geführt, wenn die beiden Familien sich am folgenden Sonntag vielleicht jeweils mit einer anderen Familie zum Spaziergang verabreden.

Ich wundere mich selbst, was für Ideen mir mittlerweile kommen! Hat die Pandemie mich bereits zum kleinlichen, pingeligen alten Mann gemacht, der nur darauf aus ist, bei anderen Menschen ein Fehlverhalten zu sehen?

Ich denke, dass ich mich in dieser Hinsicht beobachten muss, sonst trifft noch die Redewendung von dem, der päpstlicher als der Papst ist, auf mich zu. Bisher ist es mir doch immer gelungen, die Ansichten und Lebensweise anderer zu tolerieren. Was ist los mit mir? Bin ich so verunsichert? Oder ist Toleranz in solchen Fällen, wo es um die Gefährdung anderer geht, vielleicht gar nicht angebracht?

In diesen Wochen zeigt sich ganz offensichtlich, wie unterschiedlich man in der Welt mit der Bedrohung durch das Virus umgeht:

Österreich beschließt erste Lockerungen.

In Frankreich wird die Ausgangssperre verlängert.

In der Türkei werden 90 000 Insassen aus den Gefängnissen entlassen, „natürlich" keine politischen Gefangenen. Kurzfristig wird zudem am 11. April eine Ausgangssperre für 48 Stunden nur zwei Stunden vor ihrem Inkrafttreten angekündigt. Natürlich hat dies ein Chaos vor den Supermärkten und kleineren Geschäften zur Folge. Alle wollen sich noch mit Nahrungsmitteln eindecken.

In Schweden hat man bisher auf verordnete Einschränkungen verzichtet und auf Freiwilligkeit gesetzt. Nun gibt es Überlegungen, dies zu ändern, da die Zahl der Infizierten deutlich ansteigt.

In Griechenland gibt es auf Grund des frühzeitigen Lockdowns nur sehr wenige Infizierte und an Covid-19 Verstorbene. Die Lage in den Flüchtlingslagern dort sieht dagegen völlig anders aus. Ein erstes Lager wird unter Quarantäne gestellt, da bei zehn Asylsuchenden das Virus festgestellt worden ist. Da nur wenig Wasser zur Verfügung steht, ist mit einer Ausbreitung der Infektionen zu rechnen. So fürchtet Grünen-Chef Robert Habeck verständlicher Weise eine Katastrophe dort: „Wir tun zu wenig. Wir lassen Griechenland allein." Meiner Meinung nach prangert er dies völlig zu Recht an. Dass man nun fünfzig Minderjährige aus den griechischen Lagern in Deutschland aufnimmt, ist sicherlich gut, aber das reicht, wie auch Habeck anmerkt, bei weitem nicht.

Der Internationale Währungsfonds erlässt in diesem Monat fünfundzwanzig der ärmsten Staaten der Erde einen Teil ihrer Schulden. Besonders für die afrikanischen Länder wird befürchtet, dass die Pandemie verheerende Folgen haben wird, da dort auf 10 000 Einwohner nur ein Arzt kommt.

In den Niederlanden sind Übernachtungen von Touristen inzwischen verboten, auch auf den Campingplätzen. Die deutsch-niederländische Grenze soll wie die deutsch-belgische Grenze offenbleiben.

In Peru gibt es eine Regelung, dass an runden Wochentagen nur die Männer das Haus verlassen dürfen, an ungeraden Tagen die Frauen, an Sonntagen niemand. Was soll das für einen Sinn haben? Zwar sind jeden Tag weniger Menschen auf der Straße, dann kehren sie jedoch unter Umständen infiziert nach Hause zurück, leben gemeinsam mit ihren Ehefrauen, welche dann am nächsten Tag das Virus möglicherweise weitertragen können.

Auch in Deutschland hat es in den letzten beiden Wochen viele Kontroversen gegeben. Schon zu Beginn des Monats sprachen sich erste Virologen trotz inzwischen fast 70 000 Infizierten deutschlandweit und erstmals mehr als eintausend Infizierten an einem Tag in Nordrhein-Westfalen für eine baldige Öffnung der Einschränkungen aus.

Laut Robert-Koch-Institut zeigen die Einschränkungen Wirkung, die Reproduktionsrate sei in Deutschland auf 1 gesunken. Die Verdopplungszahl liege in Nordrhein-Westfalen nun bei 8,9 Tagen, das Ziel sei es, diese auf zehn bis zwölf Tage auszuweiten. Es sei keine Option, Europa sechs Monate oder gar ein Jahr im Lockdown zu halten.

Zur Sicherung könne man ja einen Mundschutz zur Pflicht machen, wie Bayerns Ministerpräsident Markus Söder im Zuge von Lockerungen erwartet. Auch das Robert-Koch-Institut bewertet inzwischen den Mundschutz als sinnvoll, da er das Infektionsrisiko vermindere. Dabei verweist man auf die Erfahrungen in asiatischen Ländern. Besonders für den öffentlichen Personenverkehr wird von verschiedenen Stellen eine Maskenpflicht vorgeschlagen. Verbindlich ist diese jedoch noch nicht.

Seltsam! So langsam treffen immer mehr Masken in Deutschland ein, und schon werden sie auf einmal als sinnvolle Maßnahme angesehen!

Und prompt gibt es schon Betrugsversuche mit dem Handel von Atemschutzmasken. Als zehn Millionen für Nordrhein-Westfalen bestimmte Masken nicht erwartungsgemäß an die

Vertriebsfirma geliefert werden, friert diese die bereits auf den Konten der Herstellungsfirma eingegangenen Gelder ein und verhindert so einen großen finanziellen Verlust des Bundeslandes.

Dabei ist der Kampf um solche Masken bereits im Gange. So versucht man von den USA aus in aggressiver Weise an Atemschutzmasken zu gelangen, indem eine für Berlin bestimmte Lieferung von Bangkok nach Amerika umgeleitet wird. Das macht deutlich, dass wir noch weit davon entfernt sind, weltweit gemeinsam gegen das Virus anzugehen.

Zugegeben: Die USA sind in einer besonders bedrohlichen Situation. Das Weiße Haus befürchtet bis zu 240 000 Tote durch Covid-19 und den stärksten Wirtschaftseinbruch nach dem Zweiten Weltkrieg. Und was sagt Präsident Donald Trump dazu? Er ist der Ansicht, wenn es gelinge die Zahl der Toten auf 100 000 zu begrenzen, „haben wir alle zusammen einen guten Job gemacht." Kommentar von meiner Seite überflüssig! Am 12. April, dem Ostersonntag, führen die USA die traurige Statistik nach mehr als 2000 Toten am Vortag mit mehr als 20 000 an Covid-19 Verstorbenen vor Italien erstmals an.

Andere Stellen regen bereits am Monatsanfang an, für die Erntehelfer erleichterte Einreisegenehmigungen nach Deutschland zu verabschieden. Dies wird auch prompt umgesetzt: In den Monaten April und Mai dürfen jeweils 40 000 Erntehelfer einreisen, allerdings nur per Flug. Zudem müssen sie sich einem Gesundheitstest unterziehen und zwei Wochen lang getrennt von anderen Arbeitern untergebracht und von den Familien der Bauern versorgt werden. Um den landwirtschaftlichen Betrieben weiter zu helfen, werden zusätzlich jeweils noch 10 000 Personen aus Deutschland – Studenten, Arbeitslose und Asylbewerbern – bei der Ernte eingesetzt. Ob diese die ungewohnte Arbeit genauso gut bewältigen können wie die eingeübten Arbeitskräfte aus Osteuropa bleibt abzuwarten.

Aus dem Sport hört man nun kaum noch Nachrichten, da nahezu alle Aktivitäten abgesagt sind, inzwischen auch das Tennisturnier in Wimbledon. Lediglich im Fußball gibt es immer noch Diskussionen, ob und wann man die Bundesligasaison ohne Zuschauer bis zum Saisonende spielen könne. Dass dies zu Empörung der Vertreter anderer Sportarten führt, hätte man sich denken können. Meines Erachtens ist kaum davon auszugehen, dass in diesem Jahr noch einmal Fußball vor Zuschauern gespielt wird. Schade für die

Fans, aber die einzig mögliche Alternative zu riesigen Infektionsketten, welche durch ein solch unvorsichtiges Verhalten erzeugt würden.

Übrigens äußert sich T. Kroos ablehnend zu einer Kürzung der Spielergehälter, worauf er im Internet einen „Shitstorm" ertragen muss. In seiner Antwort stellt er dann klar, weshalb er dieser Meinung sei: Es handele sich um eine „Spende ins Nichts oder an den Verein". Eine solche Spende habe sein Verein Real Madrid nicht notwendig. Da muss man ihm sicherlich Recht geben. Der Verzicht auf Spielergehälter bewirkt nur etwas, wenn die Verwendung der Gelder offengelegt wird.

Apropos „Empörung": Adidas zieht seine Ankündigung, für die geschlossenen Filialen keine Miete mehr zahlen zu wollen, zurück und entschuldigt sich: „Deshalb möchten wir uns bei Ihnen in aller Form entschuldigen." Fairness und Teamgeist seien Begriffe, welche schon immer mit Adidas verknüpft gewesen seien. Man habe in der Bevölkerung das Verhalten von Adidas zu Recht als unsolidarisch empfunden. Natürlich! Aber wahrscheinlich hat man inzwischen auch berechnet, dass die Zahlung von Mieten weniger Kosten verursacht als die Verluste durch den Kaufboykott zigtausender Menschen!

Vorgestern war Ostersonntag. Nichts war so wie in den vergangenen Jahren! Kein Festmahl mit der ganzen Familie, die sich um den großen Tisch versammelt hat. Keine nach versteckten Ostereiern und Leckereien suchende Enkelkinder. Stattdessen traute Zweisamkeit bei Franziska und mir, immerhin mit dem traditionellen Eiertitschen beim Frühstück und trotz aller Enttäuschung auch wieder der Zufriedenheit, dass das Coronavirus die Familie „Gott sei Dank" noch nicht erreicht hat und hoffentlich auch nicht erreichen wird.

Auch in der großen Politik ist manches anders als in den letzten Jahren:

Bundeskanzlerin Angela Merkel bittet bereits mehr als eine Woche vor Ostern die Menschen, sich auch an den Ostertagen an die Beschränkungen zu halten, und stellt fest: „Wir werden eine ganz andere Osterzeit erleben als je zuvor."

Bundespräsident Steinmeier wendet sich in einer außerplanmäßigen Fernsehansprache zum Osterfest an die Bevölkerung: „Ich bin tief beeindruckt von dem Kraftakt, den unser Land in den vergangenen Wochen vollbracht hat." Und weiter: „Wir alle sehnen uns nach Normalität. Aber was heißt das eigentlich? Nur möglichst schnell zurück in den alten Trott, zu alten Gewohnheiten? Nein, die Welt danach wird eine andere sein." Zum Abschluss bezeichnet er die Krise als „Prüfung unserer Menschlichkeit." Irgendwie weckt besonders der Satz „Die Welt wird eine andere sein." bei mir Assoziationen zur Pest im 14. Jahrhundert, welche ebenfalls in China ihren Ausgang nahm und zu mehr als fünfundzwanzig Millionen Toten in Europa führte. Das war damals nahezu ein Drittel der Bevölkerung. Es gab weder ein wirksames Mittel gegen die Seuche und auch keine ärztliche Versorgung im heutigen Sinne. Eine Flucht, wie es Giovanni Boccaccio in seinem Werk „Das Dekameron" beschreibt, das ich wieder einmal lese, mag für die zehn Personen aus Florenz damals rettend gewesen sein, heute muss man zu ganz anderen Mitteln greifen. Auf der Erdkugel gibt es Dank der Globalisierung keinen Bereich mehr, wo man ohne Kontakt zu anderen Menschen ist. Hoffen wir, dass solch katastrophale Auswirkungen wie damals uns erspart bleiben!

In Osterpredigten rufen evangelische und katholische Geistliche zu Solidarität auf und versuchen Hoffnung zu geben. „Normale" Gottesdienste zu Ostern gibt es nicht.

Papst Franziskus feiert die Ostermesse im Petersdom ohne Gläubige, die Messe und der Segen können im Livestream mitverfolgt werden. Wo sonst tausende Menschen sich auf dem Petersplatz versammelt haben, herrscht gähnende Leere. Bereits am Karfreitag hat dort die Kreuzweg-Prozession stattgefunden. Auf das Colosseum als den gewohnten Ort hat man verzichtet, da dort eine Kontrolle möglicherweise erscheinender Gläubiger nicht zu leisten gewesen wäre.

Queen Elizabeth II. wendet sich in einer Sonder-Ansprache an ihr Volk, was bisher in ihren 68 Regierungsjahren nur dreimal der Fall gewesen ist, und zwar während des Golfkrieges 1991, zur Beisetzung Prinzessin Dianas 1997 und zum Tod der Queen Mum im Jahre 2002. Dies verdeutlicht die Dramatik der derzeitigen Lage nicht nur in Großbritannien, sondern weltweit.

Der britische Premierminister Johnson kann inzwischen nach kurzem Aufenthalt auf der Intensivstation diese wieder verlassen.

Auch Nordrhein-Westfalens Ministerpräsident Armin Laschet, der in Nordrhein-Westfalen einen „Expertenrat Corona" aus Virologen, Soziologen und Juristen geschaffen hat und mit seinen Ministerpräsident-Kollegen an Ideen zur Lockerung arbeitet, wendet sich in einer Osteransprache an die Bevölkerung und fordert einen „Fahrplan" für eine Normalisierung des öffentlichen Lebens.

Bereits einige Tage vorher hat er an die Bürger appelliert, nicht in Ängste und Panik zu verfallen: „Alle Maßnahmen, die wir getroffen haben, wirken. Man merkt, dass die Menschen sich an die Regeln halten." Dann bittet er: „Lassen Sie jetzt nicht nach. Lassen Sie uns gemeinsam weiter durchhalten." Die Krankheit nehme meist einen milden Verlauf. Konkretere Aussagen zur Lockerung seien erst nach den Osterferien zu erwarten.

Ich frage mich, weshalb die Umfragewerte Laschets immer weiter fallen. Nur fünfzehn Prozent der Befragten halten das Krisenmanagement in Nordrhein-Westfalen für „weniger gut" bzw. „schlecht", die übrigen sehen es besser. Die Anhänger der AfD legen dagegen erwartungsgemäß ein anderes Befragungsverhalten an den Tag, nur siebenunddreißig Prozent bewerten das Krisenmanagement als „gut". Weshalb also sinken Laschets Umfragewerte im Kontrast hierzu? Er möchte doch für seine Bürger nur Positives erreichen. Liegt es an seiner im Vergleich zum bayerischen Ministerpräsident Söder unverbindlich wirkenden Art? An seinem sichtbaren Bemühen, sich bürgernah zu zeigen? Oder etwa an seinen Versuchen, möglichst schnell wieder Elemente der

Normalität herbeizuführen? Ich weiß es nicht. Auf mich wirkt er jedenfalls im Gegensatz zu den stetig weiter in den Blickpunkt rückenden Wissenschaftlern verständlicher Weise laienhaft. Aber ein Laie in dieser Hinsicht ist er ja auch, ein Experte in Sachen Viren, ihrer Verbreitung und Gegenmaßnahmen zum Schutz vor einer Epidemie, Pandemie kann er doch gar nicht sein! Diese Rolle muss er den Wissenschaftlern überlassen.

Der Stellvertretende Ministerpräsident Joachim Stamp (FDP) hält ebenfalls eine Öffnung von Geschäften Ende April wieder für möglich. Die Auflagen sollen ähnlich denen in Supermärkten sein.

SPD-Gesundheitsexperte Karl Lauterbach sieht dagegen eine große Gefahr durch zu frühe Lockerungen der Maßnahmen. Auch sogenannte „Geisterspiele" in der Bundesliga seien verantwortungslos, da bis zum Saisonende etwa 20 000 Corona-Tests notwendig seien, die an anderen Stellen fehlten. Von Funktionären der Bundesliga wird dies verneint. Die notwendigen Tests stellten keine Einschränkungen für andere Bereiche dar.

Woran soll man als Laie da noch glauben? Es werden immer wieder Zahlen über Zahlen ins Spiel gebracht, welche einen verwirren, da man ihren Wahrheitsgrad nicht nachvollziehen kann. Dies gilt sowohl für die Aussagen der Wissenschaftler wie der Politiker und selbst ernannter Kenner der Materie.

In Deutschland hat die Bevölkerung großes Vertrauen in die Regierung: Zweiundsiebzig Prozent zeigen sich mit dem Krisenmanagement zufrieden. Das mag auch an Nachrichten wie der folgenden liegen, welche uns zumindest bis zu einem gewissen Grad beruhigen (beruhigen sollen?): Laut Robert-Koch-Institut ist mehr als die Hälfte der Infizierten in Deutschland wieder genesen. Zudem liegt die Zahl der täglich wieder Gesundeten über der der Neuinfektionen, so dass die Zahl der akut Erkrankten sinkt.

Angela Merkels Umfragewerte steigen deutlich an. Ich bin sicher, dass sie wiedergewählt würde, wenn sie ihre Bereitschaft zu einer weiteren Amtsperiode als Bundeskanzlerin verkünden würde. Dem entspricht die weit verbreitete Meinung, dass Regierungen stets von schwierigen Situationen im Land profitieren. Hinzu kommt meiner Ansicht nach, dass man Angela Merkel in dieser Krise wirklich ein überzeugendes Verhalten zugestehen muss.

Etwas überrascht bin ich, dass es viel Positives aus Politik, Wissenschaft und Wirtschaft zu berichten gibt:

Die meisten Soforthilfe-Anträge in NRW sind trotz der mehr als hundert betrügerischen, gefakten Webseiten, welche alle im Ausland beheimatet sind, bewilligt.

Der Öl- und Benzinpreis ist deutlich gesunken.

Es gibt weniger Verkehrs-Tote. Die Autobahnbaustellen werden schneller fertig.

Für Berufe im Gesundheitswesen, z.B. Zahnärzte, Logopäden und Therapeuten, werden Finanzhilfen bewilligt.

Die EU-Finanzminister einigen sich auf ein Hilfspaket von einer halben Billion Euro für gefährdete Staaten, Firmen und Jobs.

Das bisher in Deutschland nicht zugelassene, ursprünglich gegen Ebola-Infektionen entwickelte Medikament „Remdesivir" scheint bei besonders schwer an Covid-19 Erkrankten positive Auswirkungen zu haben und erhält in Einzelfällen nun auch in Deutschland die Genehmigung.

Das hört sich alles gut und schön an! Aber über diese Nachrichten sollte man nicht diejenigen vergessen, die bei vielen Menschen, auch bei mir die Sorgen und Ängste eher noch steigern:

Die Welthandelsorganisation WTO befürchtet wegen der Pandemie weltweit die „schlimmste Rezession zu Lebzeiten". Dies werde „schmerzhafte Folgen für Haushalte und Unternehmen haben, zusätzlich zu dem menschlichen Leid, das durch die Krankheit selbst verursacht wird."

Dazu passen die Meldungen, dass die Zahl der Betriebe, welche Kurzarbeit angemeldet haben, mit über 650 000 immer weiter ansteigt und dass die Lufthansa den Betrieb ihrer Tochterfirma „Germanwings" einstellt.

Italiens Ministerpräsident Guiseppe Conte warnt trotz der Einigung der EU-Finanzminister über das genannte Hilfspaket vor einem Auseinanderbrechen der EU. Streitpunkt ist der bei der Einigung der EU-Finanzminister ausgeklammerte Verhandlungspunkt, die Schulden über sogenannte „Corona-Bonds" zu finanzieren, für welche alle Länder haften sollen.

Der amerikanische Präsident Donald Trump kritisiert die Handlungsweise der Weltgesundheitsorganisation WHO und kündigt an, dass die USA keine Beiträge mehr zahlen werden. Daraufhin fordert der WHO-Chef Tedros Adhanom Ghebreyesus, dass alle politischen Parteien das Virus nicht politisieren sollen, wenn sie „nicht noch mehr Leichensäcke" wollten. Dabei treten mir wieder die Bilder aus Italien vor Augen: Lastwagen voller Säcke mit an Covid-19 Verstorbenen. Selten hat mich ein Film aus den Medien so betroffen gemacht! Die armen Angehörigen dieser Menschen! Fürchterlich, einfach nur fürchterlich!

Forscher halten die Zahl der Infizierten für viel höher, als bisher angenommen. Nur ungefähr fünfzehn Prozent seien festgestellt worden, die Dunkelziffer liege weitaus höher. Möglicherweise seien weltweit „mehrere zehn Millionen" infiziert.

Da die Zahl solch beunruhigender Nachrichten im Verlauf der Krise weiter und weiter steigt, machen viele Wissenschaftler sich inzwischen Gedanken über die Auswirkungen auf die Psyche der Menschen und leiten entsprechende Befragungen ein, besonders solche von Menschen, welche bereits vorher psychische

Störungen hatten, zum Beispiel solche mit Wasch- und Kontrollzwängen.

Meines Erachtens sollten diese Untersuchungen ausgeweitet werden. Aus eigener Erfahrung und aus Gesprächen mit Freunden und Bekannten habe ich die Erkenntnis gewonnen, dass die Krise die wenigsten kalt lässt. Die Pandemie stellt auch einen Angriff auf unsere Psyche dar.

Besonders verunsichert sind auch alle Menschen, welche ihre Kinder in Schulen und Kindergärten haben oder selbst dort beschäftigt sind. Klare Aussagen und Leitlinien sucht man seit Beginn der Krise vergebens. Man denke nur an die Meldungen vor den Osterferien. Und zu Beginn dieses Monats heißt es für die Schulen in Nordrhein-Westfalen, dass man am 15. April festlege, wie es nach den Ferien weitergehe. Niemand könne zurzeit etwas über die Auswirkungen der Krise und der Gegenmaßnahmen sagen. Richtig, aber man könnte doch verschiedene Modelle je nach Situation entwickeln und vermitteln! Dann folgt am 14. April die Aussage, dass man die Schulen und Kindergärten nach den Osterferien wieder schrittweise öffnen wolle. Was dies in Einzelheiten bedeutet, darüber gibt es wieder keine Erklärungen. Jedenfalls sind Eltern- und Lehrerverbände sowie Gewerkschaften gegen diese Öffnungspläne. Auch wird erneut eine Verlegung der

Sommerferien ins Gespräch gebracht, worauf klargestellt wird, dass dies für NRW kein Thema sei. Alle Bundesländer entscheiden in Eigenregie über weitere Maßnahmen, da Bildung eben „Ländersache" ist.

Und natürlich gibt es in diesen Wochen auch wieder interessante Tipps, wie man sich vor dem Corona-Virus schützen kann:

Das Virus kann durch intensives Gurgeln, am besten in Form von mehrtägigem Gurgeln aus dem Rachenbereich entfernt werden! Leider kann dies allerdings nicht gelingen, da das Virus sich nicht auf der Haut, sondern sich in kürzester Zeit in den Zellen ablagert. Schade!

Ein anderer Tipp besagt, dass der Konsum von hochprozentigem Alkohol vor dem Virus schütze. Die WHO klärt auf, dass dies nicht so sei, nicht gegen eine Corona-Infektion helfe. Im Gegenteil sei eine Minimierung des Alkoholkonsums angebracht, da manche durch Alkohol verursachte Krankheit einen eher anfälliger für eine Infektion mache. Eine „Schnapsidee" also! Schade!

Dazu passt, dass eine Destillerie in Frechen ihre Produktion umgestellt hat und nun Desinfektionsmittel aus von Privatpersonen gespendetem

Alkohol herstellt. Da sind die Warnungen der WHO bei einigen auf ganz schön fruchtbaren Boden gefallen!

Auch stimmt die Behauptung leider nicht, dass derjenige, der eine laufende Nase hat, kein Corona hat. Schade! Man hätte sich sonst schnell einen Schnupfen einfangen können.

Erneut kommen in diesem Monat Klagen und Protestaktionen auf wegen der Einschränkungen der persönlichen Freiheit. Dieser Entzug der Grundrechte sei, wenn überhaupt, nur kurzzeitig zu akzeptieren. Stellt sich also die Frage, was man wählen möchte. Besser frei und krank oder unfrei und gesund? Im Ernst: Sicher muss man zwischen dem Recht auf persönliche Freiheit und der Gefahr gegen „Leib und Leben" abwägen. Zurzeit erscheint es mir erheblich wichtiger, der Gefahr zu erkranken und möglicherweise zu sterben entgegenzuwirken. Noch vor wenigen Wochen hätte ich diese Gegenüberstellung für absolut überflüssig gehalten, da es meiner Ansicht nach ja gar keine Gefährdung gab.

Viel diskutiert wird zurzeit über eine App für das Smartphone, die sogenannte „Corona-App", für welche auch der Virologe Christian Drosten plädiert, um ohne Zeitverlust Kontaktpersonen ermitteln zu können. Und Christian Drostens Aussagen haben an Gewicht gewonnen, da es ihm mit kurzen Informationsfilmen gelingt, die wissenschaftliche Dimension des Virus einer großen Breite von Menschen verständlich zu machen.

Abstand genommen hat man inzwischen von einer von der Landesregierung Nordrhein-Westfalens im Zusammenhang mit dem heftig diskutierten, heute verabschiedeten Infektionsschutzgesetz ins Gespräch gebrachten Zwangsverpflichtung von Medizinern und Pflegern. Sicherlich ein nachvollziehbarer Rückzieher. Woher sollte man diese Personen auch nehmen, vielleicht aus der Gruppe der wegen ihres Alters besonders gefährdeten Menschen? Oder etwa aus der Zahl der aus Krankheitsgründen vorzeitig ausgeschiedenen Ärzte und Pfleger?

Um dennoch eine ausreichende Versorgung aller Bürger sicherzustellen, plant die Bundesregierung, bis zum Ende des Monats Juni 12-Stunden-Schichten für „systemrelevante Berufe" zuzulassen, z.B. für Pfleger und Polizisten. Auch wird auf diese Weise der zwischenmenschliche Kontakt bei der Ablösung von drei auf zwei Gruppen begrenzt.

Es ist kaum zu glauben, was in den letzten beiden Wochen alles geschehen ist. Die Pandemie scheint immer mehr Fahrt aufzunehmen und immer mehr Maßnahmen zu erfordern. Und wir? Wir sitzen wie auf dem Jahrmarkt in einer sich immer schneller drehenden Gondel, ohne die Möglichkeit, diese anzuhalten oder abzuspringen! Wohin soll das noch führen?

13

21. April 2020

Die Diskussionen um eine Maskenpflicht haben immer mehr Fahrt aufgenommen.

Noch am 15. April verkündet Angela Merkel in einer Pressekonferenz, dass das Tragen von Masken im öffentlichen Nahverkehr und im Einzelhandel weiterhin zu empfehlen sei, eine bundeweite Maskenpflicht gebe es jedoch nicht.

Doch schon am Tag darauf führen einzelne Städte, zum Beispiel Hanau und kurz darauf Münster, eine Maskenpflicht ein. Einen Tag später beschließt dann Sachsen als erstes Bundesland eine Maskenpflicht sowohl im Nahverkehr wie im Handel. Mecklenburg-Vorpommern schließt sich in Bezug auf den Nahverkehr an.

Da inzwischen viele Menschen auch im eigenen PKW eine Maske tragen, informiert die Polizei darüber, dass das Tragen von Atemschutzmasken im Auto in Nordrhein-Westfalen nicht erlaubt sei, da dies in Radarfallen als Vermummung zu bewerten sei.

Die Bundesregierung rechnet inzwischen mit einem Bedarf von acht bis zwölf Milliarden Masken pro Jahr während der Pandemie. Daher soll die Produktion dieser in Deutschland gesteigert werden.

Der SPD-Gesundheitsexperte Karl Lauterbach plädiert für eine bundesweite Maskenpflicht im öffentlichen Raum, welche in Bayern ab der folgenden Woche bereits eingeführt wird: „Ich hoffe, die Landesregierung wird sich nicht mehr lange wehren." Hinter diesen Bestrebungen steht die Sorge, dass man die derzeitige, leicht entspannte Situation wieder für normal hält, was sie jedoch nicht sei.

Auch die Kölner Oberbürgermeisterin Henriette Reker hofft auf eine einheitliche Lösung bezüglich Schutzmasken in Nordrhein-Westfalen. Städte seien keine Inseln, das Virus mache nicht an Stadtgrenzen Halt.

Wenn ich diese Beurteilungen höre, scheint es mir Zeit für eine Festlegung der Maskenpflicht in ganz Deutschland zu sein. Auf der anderen Seite muss man bedenken, dass das Virus die Menschen in den verschiedenen Bundesländern nicht in gleichem Maße bedroht. Also muss man auch wieder Verständnis dafür haben, dass von Region zu Region unterschiedliche Regelungen vorliegen.

Wieder geht es mir so, wie schon oft in den letzten Wochen: Ich fühle mich verunsichert ob der großen Menge an unterschiedlichen Informationen und weiß nicht genau, wie ich die Vorgaben bewerten soll. Sicher bin ich mir jedoch, dass wir immer noch mitten in der schwierigen Situation stecken und daher Vorsicht geboten ist. So hat Franziska für uns beide und die Kinder auch bereits selbst Masken genäht, wie man es auch aus vielen anderen Familien gehört hat.

Inzwischen gibt es viele Tipps, wie man die Masken säubern sollte, und jeder mag sich entscheiden, ob er die Säuberung in der Waschmaschine, in kochendem Wasser in einem Topf, durch heißes Bügeln oder mehrtägiges Aufhängen an der frischen Luft vornehmen möchte. Abgeraten wird wegen möglicher Metallteile von einer Reinigung in der Microwelle und vom Einfrieren und Einsprühen mit Desinfektionsmitteln, da letzteres die Schutzfunktion verringere.

Ein anderes Thema, das mir weiter Kopfschmerzen bereitet, ist die geplante Wiedereröffnung von Schulen und Kindergärten. Das liegt zum einen an meiner eigenen beruflichen Vergangenheit, zum anderen an den unklaren, teils widersprüchlichen Regelungen für die Wiederaufnahme einer möglichst weitreichenden Beschulung und Betreuung.

Mittwoch, dem 15. April kommt, wie bereits angekündigt, die Nachricht, dass ab der folgenden Woche in NRW anders als in anderen Bundesländern wieder Unterricht der Abschlussklassen stattfinden soll. Die Schulleitungen und Lehrerinnen und Lehrer sowie das weitere Personal erhalten dazu zur Vorbereitung ab dem 20. April Zeit. Kitas und Grundschulen sollen weiter geschlossen bleiben, die Notfallbetreuung dort wird von bisher zehn auf nun neunundzwanzig Berufsgruppen ausgedehnt, darunter zum Beispiel Müllentsorger, Erntehelfer und Notare. Hygienevorschriften sollen den Kitas übermittelt werden. Das Abitur in Nordrhein-Westfalen soll wie geplant ab dem 12. Mai beginnen.

Soweit die Planung.

Dann fordert die Bundesvertretung der Kindergärten eine baldige Öffnung, da die fehlende Betreuung für viele Eltern bedeute, nicht mehr arbeiten gehen zu können. Auf eine Mithilfe der Großeltern solle ja wegen deren besonderer Gefährdung verzichtet werden.

Im Gegensatz dazu wird von verschiedenen Stellen gegen die Öffnung der Schulen, neben organisatorischen Problemen auch aus Sorge wegen möglicher Gesundheitsgefährdung von Schülern und Lehrern, protestiert.

Dann meldet sich NRW-Schulministerin Yvonne Gebauer wieder zu Wort, weist die Kritik an zu kurzer Vorbereitungszeit für die Schulleitungen zurück und stellt klar, dass die Schulen sich auf einen Ausnahmezustand einrichten müssten. Die Klassen würden in nächster Zeit nicht in der ursprünglichen Größe unterrichtet, es gelte „rollierende" Verfahren zu entwickeln. Details zu den vorgegebenen Hygienestandards würden den Schulen „noch heute" zugemailt.

Am gleichen Tag äußert sich der Vorsitzende des Bundeselternrates, Stephan Wasmuth. Er sieht die Schulen für eine Wiederöffnung schlecht ausgestattet, da viele sanitären Einrichtungen zum Teil marode seien, häufig warmes Wasser in den Toiletten fehle und manche Klassenräume nicht über ein Waschbecken verfügten.

Wie versprochen informiert das Schulministerium am folgenden Tag über die Hygienevorgaben in den Schulen. Neben Waschbecken in den Klassen und Seifenspendern in ausreichender Zahl wird gefordert, dass die Lerngruppen so zusammengestellt werden, dass ein Abstand von 1,5 Meter eingehalten wird. Eine Maskenpflicht sei nicht geplant. Für die Umsetzung der Vorgaben haben die Schulen bis zum Donnerstag der folgenden Woche Zeit. Dann gehen die Schülerinnen und Schüler aus den Abschlussklassen auf freiwilliger Basis wieder zur Schule.

Umgehend protestiert der Städtetag in Nordrhein-Westfalen gegen die Schulöffnungen, da man für die Grundreinigung der Schulen und die Schaffung der hygienischen Voraussetzungen sowie die Organisation des Schülerverkehrs mindestens eine Woche benötige. Daher fordert man, die Schulen erst eine Woche später zu öffnen.

Irgendwie fehlt mir für diese Denkweise jegliches Verständnis. Man hätte doch die Grundreinigung und Ausstattung der Schulen sowie die Organisation des Schülerverkehrs bereits längst angehen können. Man kann doch erwarten, dass die zuständigen Stellen nicht nur reagieren, sondern agieren. Auch wenn noch nicht alle Vorgaben bekannt sind. Bei aller berechtigten Sorge steht doch für die Schulträger und Schulleitungen eine Aufgabe, eine Herausforderung an, die es zu bewältigen gilt. Das muss sie doch auch motivieren, schnell und effektiv zu handeln.

Ich äußere jedenfalls eines Abends zu Franziska: „Heute ist es das erste Mal, dass ich wieder Lust hätte, in die Schule zu gehen und zu helfen, diese Herausforderung zu bewältigen." Franziska schaut mich kurz erstaunt an und entgegnet dann: „Dann geh doch mal hin und frage, ob sie dich gebrauchen können."

Natürlich rudere ich sofort zurück und erkläre, dass dies nicht so ernst gemeint war. War es aber doch! Nur: In der Theorie kann man leicht Dinge kritisieren, in der Realität sieht vieles anders aus! So schnell vollzieht man manchmal einen Rückzieher!

Die Verwirrung an den Schulen ist jedoch noch nicht enträtselt. Nun gibt es Fragen, ob die Teilnahme am Unterricht für die Abschlussklassen freiwillig oder verpflichtend sei. Yvonne Gebauer lässt sich nicht lange bitten und stellt klar, dass die Teilnahme für Abiturientinnen und Abiturienten freiwillig, für die Klassen 10 und die Abschlussklassen der Berufsschulen jedoch verpflichtend sei. Aha, dann ist ja alles geklärt und es kann losgehen!

Noch nicht ganz! Jetzt protestieren die Schülervertretungen in Nordrhein-Westfalen gegen die schrittweise Wiederöffnung der Schulen, da befürchtet wird, dass es zu Hause zu Ansteckungen der Risikogruppen kommt. Auch die Schulleitungen und manche politischen Parteien sehen Probleme, ihrer Ansicht nach fehlen wegen der Aufteilung der Lerngruppen die räumlichen und personellen Voraussetzungen. Dies sei vor allem so, da Lehrkräfte, welche zu den Risikogruppen zählten, nicht unterrichten dürften. Zudem gebe es Probleme mit der Kommunikation zwischen Ministerium und Schulen, was zu Missverständnissen führe.

Inzwischen kann ich trotz meines Wunsches nach Aktion statt Reaktion die Verzweiflung meiner Tochter Claudia, welche im Schuldienst tätig ist, verstehen. Sie weiß nicht, wann sie vor Ort arbeiten soll und welche Arbeit für sie ansteht. Gruppen aufteilen? Klassen umräumen? Für Hygienestandards sorgen? Abtrennungslinien aufkleben? Elternanfragen beantworten? Pausenregelungen präzisieren? Eines ist immerhin sicher: Für die zu Hause arbeitenden Schülerinnen und Schüler müssen bis zur Öffnung weiterhin Aufgaben in digitaler Form zugemailt oder auf Grund fehlender Internetmöglichkeiten per Pedes oder Fahrrad zuzustellende Arbeitsblätter in Papierform entworfen werden.

Vielleicht möchte ich doch nicht wieder in die Schule zurückkehren! War nur so eine Idee!

Einiges hat sich inzwischen auch im öffentlichen Leben geändert. Seit gestern dürfen in Nordrhein-Westfalen wie auch in anderen Bundesländern Geschäfte mit einer Verkaufsfläche bis 800 Quadratmeter wieder öffnen. Der öffentliche Nahverkehr wird wieder intensiviert. Der vorgegebene Mindestabstand zwischen den Personen bleibt dabei jedoch überall bis zum 3. Mai bei 1,5 Meter, um den laut Angela Merkel „zerbrechlichen Zwischenerfolg" nicht zu gefährden. Restaurants, Gaststätten und Fitness-Studios bleiben weiterhin geschlossen, weiter gilt auch die Regelung, dass man sich nur mit einer Person aus einem anderen Haushalt treffen darf. Frisöre müssen bis zum 4. Mai warten, um wieder öffnen zu können. Großveranstaltungen bleiben bis zum 31. August verboten.

Dass alle weiterhin vorsichtig sein müssen, kommentiert der nordrhein-westfälische Integrationsminister Joachim Stamp von der FDP mit den Worten: „Es hat jeder selbst in der Hand, wie weit wir die Lockerungen vorantreiben können." Dabei mag er die Bilder aus der Kölner Fußgängerzone sehen, wo sich sofort nach der Wiederöffnung lange Menschenschlangen auf den Straßen vor den Geschäften bildeten und das Ordnungsamt die Entwicklung beobachten musste.

Angela Merkel kritisiert die ihrer Ansicht nach zu schnellen Wiederöffnungen und warnt: „Wir stehen noch am Anfang und sind noch lange nicht über den Berg." Sie appelliert an die Regierungschefs der Länder, nicht zu früh und zu weit die Schutzmaßnahmen zu lockern, da sie „keinen erneuten, allgemeinen Shutdown" wolle.

Auch vom Robert-Koch-Institut (RKI) kommt die Warnung davor, die Schutzmaßnahmen nicht einzuhalten, die Pandemie sei nicht zu Ende.

Gänzlich anderer Meinung sind die Vertreter der deutschen Wirtschaft, denen die Lockerungen nicht schnell und nicht weit genug gehen, und führen als Argument an, dass viele Betriebe in ihrem Bestand gefährdet seien.

Was also soll man glauben? Natürlich haben beide Seiten recht, es hängt allein vom Blickwinkel ab!

Das Dilemma bleibt bestehen: Öffnet man zu früh und zu weit, steigt die Zahl der Infizierten und an Covid-19 Verstorbenen! Öffnet man zu spät und nicht weit genug, bedeutet dies für viele Betriebe den Konkurs und für viele Menschen Arbeitslosigkeit! So stellt Wirtschaftsminister Peter Altmeier fest: „Wir müssen lernen, mit dem Virus zu leben." Das bedeutet nach seiner Ansicht, dass wir mehr Geschäfte öffnen müssen, mehr produzieren müssen, ohne dass mehr Menschen infiziert werden. Aber wie soll man das machen?

Ich möchte nicht in der Haut der Menschen stecken, die sich zu einer Entscheidung durchringen müssen, welche den richtigen Mittelweg bedeutet. Nur „golden", wie ein gängiger Begriff den Mittelweg nennt, ist er auf gar keinen Fall.

Auch die Entscheidungen im Hinblick auf die Situation der Kirchen stehen vor diesem Zwiespalt. Zwar sind in Nordrhein-Westfalen die Erstkommunion und die Konfirmation bereits abgesagt bzw. auf einen unbekannten, späteren Termin verschoben worden und Lockerungen für Gottesdienste in ganz Deutschland nicht vor Anfang Mai in Sicht. Doch argumentiert Armin Laschet im Zusammenhang mit den anderen aktuellen Lockerungen für eine Öffnung der Kirchen: „Wenn man Läden öffnet, darf man auch in Kirchen beten." Ein Argument, welches man nicht ableugnen kann, wenn man auch sagen muss, dass ein Gebet nicht nur in einer Kirche einen Platz hat.

Für unsere Familie ist die Verschiebung der Erstkommunion ebenfalls von Bedeutung, da eine Enkeltochter und mit ihr natürlich die ganze

Verwandtschaft auf diesen wichtigen religiösen Akt und die dazugehörige Feier nun noch etwas länger warten muss. Wie lange? Das kann niemand sagen, doch es gibt bedeutend Schlimmeres!

Zu diesem Schlimmeren gehören mit Sicherheit nicht die Absagen von Veranstaltungen, welche in diesen Tagen verkündet werden: In der ersten und zweiten Handball-Liga wird die Meisterschaft abgebrochen, die „Tour de France" wird in den September verlegt, abgesagt werden „Rock am Ring" und die „Kölner Lichter", die Messe „Gamescom" findet komplett nur digital statt und die Landesgartenschau in Kamp-Lintfort öffnet zunächst nur für Spaziergänger. Selbst das Oktoberfest in München sieht Ministerpräsident Markus Söder gefährdet: „Ich bin sehr, sehr skeptisch und kann mir aus jetziger Sicht kaum vorstellen, dass eine solch große Veranstaltung überhaupt möglich ist zu dem Zeitpunkt."

Dagegen halten er und Armin Laschet „Geisterspiele" in der Fußball-Bundesliga ab 9. Mai für möglich, wenn ein sinnvolles Konzept vorgelegt wird. Die Sonderrolle des Fußballs natürlich! Betont wird dazu von den Offiziellen immer wieder, dass es sich hier nicht nur um Sportveranstaltungen handelt, sondern dass die Bundesliga und die Vereine große Wirtschaftsunternehmen sind und des Schutzes bedürfen.

Selbst bei den Fußballfans ist jedoch die Fortsetzung der Saison in Form von „Geisterspielen" umstritten.

Andere Aktivitäten sollen in dieser schweren Zeit zum einen für Unterhaltung sorgen und zum anderen Mut machen: Ein Benefizkonzert von Künstlern wie Lady Gaga, Stevie Wonder, Paul McCartney, dem Pianisten Lang Lang und vielen anderen in Form von Live-Streams zugunsten eines Corona-Solidaritätsfonds der WHO ist hier besonders hervorzuheben.

Das erinnert mich an den Song und das Album „We are the world" von „USA for Africa" im Jahre 1985, mit welchem Geld für die Opfer der Hungersnot in Äthiopien gesammelt wurde. Wie damals, so muss auch heute die Welt zusammenstehen, um betroffenen Menschen zu helfen.

Menschen zu trösten und ihnen zu helfen, ist auch das Ziel von Events wie einem Konzert der Kölner Gruppe Brings in einem Autokino und einem Gottesdienst auf dem Parkplatz eines Flughafens. Hier geht es nicht um einen finanziellen Ertrag, sondern einen „Ertrag" für die Seele der Anwesenden. Die Menschen sollen solche

Veranstaltungen als „Signal der Lebensfreude" in schwieriger Zeit sehen.

Künstler haben es derzeit besonders schwer, da keine Veranstaltungen mit Publikum stattfinden und viele bei dem Sonderförderprogramm des NRW-Kulturministeriums leer ausgegangen sind. Nur etwa die Hälfte der Antragsteller erhält Geld aus dem Fünf-Millionen-Topf.

Ein anderes Zeichen der Solidarität ist die Projektion der deutschen Fahne auf eine Wand des Matterhorns in der Schweiz, womit auf den Zusammenhalt auch bei geschlossenen Grenzen hingewiesen werden soll.

Die Maßnahmen in Deutschland zum Schutz vor dem Virus scheinen sich positiv bemerkbar zu machen. Die Reproduktionszahl hat sich bei 0,7 bis 0,8 eingependelt, die Zahl der freien Intensivbetten liegt bei fast 13 000, so dass man in den Krankenhäusern wieder in Richtung Normalbetrieb schaut und die Patienten zur Behandlung anderer Krankheiten auffordert.

Die Politiker in Deutschland sind sich überwiegend einig im Hinblick auf die Bewertung der Situation.

Bundesgesundheitsminister Jens Spahn kann so ein positives Zwischenfazit ziehen und das gute Abschneiden Deutschlands im internationalen Vergleich betonen: „Wir können sagen, unsere Maßnahmen waren erfolgreich. Der Ausbruch ist Stand heute beherrschbar."

Markus Söder sieht dies ebenso und lobt Angela Merkel: „Die Bundeskanzlerin zum Beispiel hat stahlharte Nerven. Ich bin dankbar, sie jetzt als Ansprechpartnerin zu haben." Dies ist natürlich auch ein kluger Schachzug im Hinblick auf seine weitere politische Karriere. Horst Seehofer hätte als Ministerpräsident Bayerns sicherlich ganz anders reagiert.

Angela Merkel selbst übernimmt auch international eine gewisse Führungsrolle, betont die Bedeutung der Weltgesundheitsorganisation WHO und appelliert in einer Videokonferenz der G7-Industrieländer an die Politiker, dass die Pandemie nur mit starken, koordinierten internationalen Reaktionen besiegt werden könne. Damit stellt sie sich gleichzeitig gegen Donald Trump, welcher die Zahlung amerikanischer Gelder an die WHO einstellen will.

Armin Laschet strebt zwar im Bund-Länder-Treffen weitere Lockerungen an, rechnet jedoch mit Einschränkungen über 2020 hinaus: „Wir werden unser altes Leben noch lange nicht leben können. Abstand und Schutz werden Regel und Maßstab unseres Alltags bleiben."

In anderen Ländern sieht es bei Weitem schlimmer aus als in Deutschland:

In den USA gibt es inzwischen mehr als 30 000 Tote, zudem haben in einer Woche 5,2 Millionen Menschen ihre Arbeit verloren, in vier Wochen damit mehr als zwanzig Millionen. Wie hatte Donald Trump noch vor knapp zwei Monaten gesagt? „Was auch immer passiert, wir sind vollständig vorbereitet." Das Risiko für Amerikaner sei gering.

In Italien sind 17 000 Mitarbeiter im Gesundheitswesen infiziert, das sind zehn Prozent aller in Italien Infizierten. Fast die Hälfte von ihnen sind Krankenpfleger und Krankenpflegerinnen sowie Hebammen.

In Russland wird die Siegesparade zum 75. Jahrestag des Sieges über den Hitler-Faschismus, das in diesem Jahr wichtigste politische Ereignis, wegen der Corona-Pandemie verschoben.

Spanien verlängert erneut die Einschränkungen um zwei Wochen. Das heißt für uns, dass die Pilgerwanderung nach Santiago de Compostela in immer weitere Ferne rückt. Aber damit haben wir uns schon ziemlich abgefunden. Hauptsache man bleibt gesund!

Auch aus der Wirtschaft gibt es keine guten Nachrichten.

Die Zahl der Menschen mit Kurzarbeit in Deutschland steigt weiter an, wenn auch etwas geringer als zuletzt. Das bedeutet für manche Familien eine existenzielle Bedrohung, besonders wenn es beide Arbeitnehmer trifft. Deshalb soll das Kurzarbeitergeld für Mai, Juni und Juli aufgestockt werden, indem die staatlichen Zuschüsse zu den Nettoeinbußen schrittweise von sechzig Prozent auf achtzig Prozent gesteigert werden.

Der Gastronomie- und Tourismusbranche droht eine gigantische Pleitewelle, drei Viertel der Reiseunternehmen erwarten, dass sie in 2020 Insolvenz anmelden müssen.

Die meisten Tafeln müssen schließen, da viele Ehrenamtler auf Grund ihres Alters und von Vorerkrankungen nicht mehr zur Verfügung stehen. Auch mir ist diese Arbeit, welche mir immer viel Freude bereitet hat, weggebrochen. Unsere Tafel hat zwar unter strengen Regelungen noch geöffnet, die Waren werden jedoch nun nicht mehr von zwei Personen abgeholt, sondern wegen des vorgegebenen Mindestabstands von 1,5

Meter, der auch in Fahrzeugen gilt, nur noch vom Fahrer, und das bedeutet eine große körperliche Belastung. Daher habe ich mich wie viele andere ältere Helfer für unbekannte Zeit zurückgezogen.

Auch die Tierheime können ohne Zuschüsse für die Futterkosten von bis zu 2000 Euro einmalig nicht mehr alle Tiere versorgen, und selbst mit diesen Geldern wird es schwierig.

Die Ölpreise sind in kurzer Zeit um dreißig Prozent gesunken, da die Nachfrage aus der Industrie gesunken ist und die Fördermengen weiterhin nicht gedrosselt werden. Als Privatmann ärgere ich mich ein wenig, den Tank bereits vor diesem Einbruch der Preise gefüllt zu haben. Aber was ist das für ein winziges Problem im Vergleich mit anderen!

Ein paar andere interessante, ausnahmsweise mal nicht schlechte, nicht bedrückende Nachrichten gibt es jedoch auch noch:

Die Stickoxid-Belastung in Deutschland und Teilen von Europa ist im Vergleich zum Vorjahr deutlich gesunken, was unter Umständen auf einen Corona-Effekt zurückzuführen ist.
Zwar kann man dies mit bloßem Auge nicht sehen, doch erscheint einem die Luft in

diesen Tagen weitaus klarer. Einen solchen Sternenhimmel in der Nähe einer Ortschaft habe ich schon viele Jahre nicht mehr gesehen. Auch am Tag erkennt man deutliche Unterschiede, wenn man zum Himmel schaut. Sah man in Zeiten vor Corona kreuz und quer verlaufende Kondensstreifen der Flugzeuge, so ist dies inzwischen nicht mehr der Fall. Nur sehr, sehr selten erkennt man ein Flugzeug am Himmel.

Auch auf den Autobahnen und Bundesstraßen ist es viel ruhiger geworden. Es gab sogar in den Osterferien kaum Staumeldungen, laut ADAC achtzig Prozent weniger als im Vorjahr. Die gesamte Staulänge sei von 17 000 Kilometer nun auf 1 350 Kilometer gesunken.

Dann gibt es noch Berichte über die neue Höflichkeit an den Supermarktkassen, wo kein Drängeln, kaum noch ein Anstoßen mit dem Einkaufwagen und kein Beladen des Transportbandes von hinten über einen hinweg mehr zu beobachten sei. Na ja!

Meine eigenen Erfahrungen sprechen da nicht die gleiche Sprache. Sowohl an der Kasse wie vor allem an den Regalen ist es bei Einkäufen sehr häufig geschehen, dass man über mich hinweggreifen wollte. Aber ich bin bei meinem

Hinweis, doch bitte an den Abstand zu denken, völlig ruhig geblieben. Das hatte ich mir ja nach meiner Selbstbeobachtung als Therapie verordnet.

Zum Abschluss noch zwei Kurzmeldungen:

Im „Oxford English Dictionary" ist nun in einer Aktualisierung außer der Reihe der Begriff „Covid-19" aufgenommen worden, da er in kürzester Zeit sehr häufig benutzt worden sei.

Und, Achtung: Vitamin-C-Tabletten und auch andere Nahrungsergänzungsmittel schützen nicht vor einer Corona-Infektion!

14

28. April 2020

Und wieder ein Geburtstag in der Familie, unser jüngster Sohn Stefan wird 29!

Heute lassen wir es uns nicht nehmen, für eine Stunde mit ausreichend Abstand mit ihm und seiner Freundin beieinander zu sitzen, um Kaffee und Kuchen sowie besonders das Gespräch mit Augenkontakt zu genießen. Von einer gemeinsamen Familienfeier sehen wir allerdings weiterhin ab.

Als dann der Labrador der beiden nichts von dem Kontaktverbot hält und an uns hochspringt, kommt es zu der Frage, ob Hunde das Virus eigentlich auf einen Menschen übertragen können. Alle signalisieren wir, dass wir keine Ahnung haben, ob das möglich ist. Auch die Suche bei Doktor Google im allwissenden Internet führt zu keinem klaren Ergebnis. Beunruhigend auf uns wirkt das aber trotzdem nicht. Man muss ja nicht unbedingt jede auch noch so kleine Übertragungsmöglichkeit zur höchsten Alarmstufe erheben!

Ansonsten beginne ich allerdings, mehr und mehr unter der Situation zu leiden. Meine ehrenamtlichen Tätigkeiten in der städtischen Bücherei und bei der Tafel sind weggefallen, die Saunabesuche, das Training im Fitness-Studio und die Kegelabende gibt es nicht mehr, auch keine Besuche der sonntags inzwischen nicht mehr stattfindenden Fußballspiele in der Amateurklasse. Was ist geblieben?

Klar, zu unseren täglichen Wanderungen machen Franziska und ich uns weiterhin auf, aber irgendwie erinnert mich das an den Film „Und ewig grüßt das Murmeltier", in welchem ein Wetteransager in einer Zeitschleife festhängt und jeden Morgen nach dem Erwachen denselben Tag immer wieder erlebt.

Da nützt es auch nichts, dass unsere Situation im Vergleich zu der von Stadtbewohnern, welche keinen Garten, oft nicht einmal einen Balkon haben, deutlich besser ist.
Auch unser Garten profitiert von der Krise! Wie ich von Freunden am Telefon gehört habe, geht es nicht nur uns so, dass viel mehr Zeit in die Gartenarbeit investiert wird und dies sich mit einem Blick auf den Garten sofort zeigt. Diese Vorteile, welche man als Bewohner eines Hauses im ländlichen Umfeld hat, muss man sich immer wieder vor Augen halten.

Und dennoch hätte ich vor ein paar Tagen beinahe patzig reagiert, als ich von Bekannten, welche uns beim Spazieren entgegenkamen, zum gefühlt hundertsten Male hören musste: „Wir sind ja noch gut dran, wir haben unseren Garten, können in der Natur spazieren und die frische Luft genießen. Wie schlimm muss es da für Menschen sein, welche in Köln in einer kleinen Wohnung ohne Balkon leben und diese kaum einmal verlassen. Nein, uns geht es schon gut."

Ich konnte mich kaum zurückhalten, den Bekannten meine Sicht der Dinge an den Kopf zu werfen, und zwar: „Nein, mir geht es nicht gut! Auch wenn ich einen Garten habe und in der Natur spazieren kann. Mir geht es nicht gut!" Natürlich habe ich nichts Derartiges gesagt, sondern ihnen nickend beigepflichtet: „Ja, wir können uns glücklich schätzen, dass wir solche Möglichkeiten haben."

War besser so! Wer weiß, was die Bekannten weitererzählt hätten? Vermutlich so etwas wie: „Mit dem Johann stimmt was nicht. So, wie der uns neulich angeblökt hat. Wenn das man bloß kein böses Ende mit dem nimmt!"

Ja, ja, wenn das man bloß kein böses Ende mit dem nimmt!

Ich glaube, ich bin auf dem besten Wege, meine Persönlichkeit zu verändern. Dagegen muss ich etwas machen, muss mir bewusst machen, was mit mir los ist, warum ich so aggressiv reagiere.

Was entgegnete mir kürzlich ein Freund, als ich darüber jammerte, was mir das Virus alles wegnehme?

„Gar nichts nimmt das Virus dir weg! Es gibt ein paar Dinge, welche unbedingt notwendig sind, wenn wir diese Pandemie heil überstehen wollen. Und an die müssen wir uns eben halten. Nicht das Virus nimmt dir etwas weg, die Situation erfordert manche Verhaltensmaßnahmen. Das solltest du dir vor Augen führen. Wenn jemand ein Bein gebrochen hat, kann er auch nicht sofort wieder wandern gehen."

Ja, das ist mir doch auch bewusst! Ich akzeptiere doch die Einschränkungen vollkommen und richte mich danach. Aber man wird doch nochmal jammern dürfen! Vielleicht hilft das ja.

Seit Tagen beherrscht weiter die Diskussion über die inzwischen ab Montag, dem 27.April herrschende Maskenpflicht in Geschäften und öffentlichen Verkehrsmitteln sämtliche Gespräche. Wen schützen die Masken wirklich? Den Träger? Die anderen Menschen? Wie legt man die Maske richtig an? Muss sie Mund und Nase bedecken oder nur den Mund? Wie kann man mit Maske überhaupt noch atmen? Wie reinigt man solche Masken? Stehen überhaupt genügend Masken zur Verfügung? Fragen über Fragen!

Auffällig ist, dass man am Samstag in den Supermärkten kaum jemanden mit einem Mund-Nasen-Schutz sieht. Es ist offensichtlich, dass die meisten die Maske nicht aus Überzeugung anlegen, sondern erst, wenn es zur Pflicht wird.

Dazu passt auch die Aussage von Armin Laschet: „Das Wichtigste ist und bleibt Abstand halten. Eine Maske darf keine falsche Sicherheit erzeugen." Dazu ergänzt er, dass genügend Masken vorhanden und medizinische Schutzmasken nicht notwendig seien. Diese seien reserviert für das medizinische Fachpersonal. Die SPD kritisiert die Regelung dagegen in der Hinsicht, dass eine Maskenpflicht nicht allgemein, sondern nur für den öffentlichen Nahverkehr und den Einkauf gelte.

Nicht nur bei einer solchen Ausweitung stellt sich die Frage, ob es genügend Ressourcen gibt, um die Maskenpflicht zu kontrollieren. Personen, welche sich weigern, in Supermärkten eine Maske zu tragen, können mit einem Bußgeld von

150 Euro belegt werden. Zunächst will man jedoch durch eine freundliche Erinnerung eine Lösung im Gespräch herbeiführen. Vielleicht hilft ja die Aktion einiger Bundeligavereine, welche Masken in den Vereinsfarben anbieten, die Maskenverweigerer zu überzeugen. Ist doch cool, zum Beispiel statt eines Trikots von Borussia Dortmund eine schwarz-gelbe Maske mit dem Logo des Vereins zu tragen!

Eine Aussage des nordrhein-westfälischen Gesundheitsministers Karl-Josef Laumann verdeutlicht die Unsicherheit der Regierungen im Umgang mit der Pandemie und den Maßnahmen, sie zu begrenzen. Er verteidigt seinen Sinneswandel in Bezug auf die Maskenpflicht dahingehend, dass Nordrhein-Westfalen keine Ausnahme machen könne, wenn die meisten anderen Bundesländer für eine Maskenpflicht seien. Grob gesagt: Wenn es alle machen, machen wir es auch. Überzeugung klingt anders!

Auch bei den Medizinern gibt es keine einheitliche Meinung. Man diskutiert über den Nutzen und die Gefahren beim Tragen von Schutzmasken. Die Gefahren sehen manche Wissenschaftler nicht nur darin, dass eine falsche Sicherheit erzeugt werden könnte. Es könnte zudem zu einer falschen Handhabung und zu einer Konzentration des Virus im Stoff kommen.

Fakt ist, dass auch Kinder ab dem Schulalter Masken tragen müssen und es für sie wie auch alle anderen nur Ausnahmen aus gesundheitlichen Gründen gibt, wozu ein ärztliches Attest vorliegen muss. Darüber, im Unterricht Masken verpflichtend zu machen, entscheiden die Schulen in Eigenregie. In den Schulbussen muss allerdings ein Mund-Nasen-Schutz getragen werden. Keine Maskenpflicht gilt dagegen für Autofahrer. Diese dürfen zwar freiwillig Masken anlegen, jedoch muss das Gesicht erkennbar sein, was die Polizei wie schon vor Tagen noch einmal betont. Wie sollte man auch sonst Protokolle wegen Geschwindigkeitsübertretungen verteilen können, wenn auf den Fotos die Fahrerinnen und Fahrer nicht deutlich erkennbar sind? Dabei habe ich bisher gedacht, dass der Fahrzeughalter in der Verantwortung ist und benennen muss, wer sein Auto gefahren ist, wenn er es nicht selbst war. Egal! Es gibt sicherlich viel Wichtigeres in diesen Zeiten!

Das Thema „Masken" muss man natürlich auch im Zusammenhang mit den ausgeweiteten Geschäftsöffnungen sehen. So dürfen nun in Nordrhein-Westfalen nicht nur wie bereits erwähnt kleinere Geschäfte wieder öffnen, sondern auch die größeren und Kaufhäuser, sofern ihre Verkaufsfläche auf 800 Quadratmeter begrenzt wird. Erstmals ist hier sogar wieder ein Wochenend-Shopping zu vermelden, welches aber laut den Geschäftsleuten enttäuschend ausfällt. So ist die Kölner City zum Beispiel fast so leer wie vor den Lockerungen.

Meine eigenen Erfahrungen fallen dagegen vollkommen anders aus. Meine Neugier führt mich zu einem Bummel durch die Innenstadt von Rheinbach, wo ich dann allerdings schnell bemerke, dass ich auf dieses vermeintliche „Vergnügen" besser verzichtet hätte. Die Bürgersteige sind überfüllt mit Fußgängern, und es fällt schwer, anderen Unvernünftigen auszuweichen. In den Geschäften herrscht dagegen überall gähnende Leere, sei es wegen der Maskenpflicht oder der nicht vorhandenen Kauflust. Wie die Presse am nächsten Tag vermeldet, wurden in Baumärkten und Möbelhäusern, welche in Nordrhein-

Westfalen sogar ohne Begrenzung der Verkaufsfläche geöffnet werden, sehr hohe Umsätze erzielt. Deutschland hat sich scheinbar nicht nur zu einem Land der Radfahrer, welche man allerorten antreffen kann, sondern auch der Heimwerker entwickelt.

Und dann folgt das Highlight für manche: Ab Montag, dem 27. April, sind die Friseurläden mit Auflagen wieder geöffnet. Sie sollen als Vorreiter für andere, ähnliche Dienstleistungen ihre Angebote der danach lechzenden Bevölkerung wieder zur Verfügung stellen. Verboten bleiben aber weiterhin Gesichtskosmetik, Zupfen der Augenbrauen und Rasieren – wie auch mit Maske? So müssen viele weiter mit ihrem sie nicht zufriedenstellenden Aussehen in die Öffentlichkeit treten. Für mich spielt diese Lockerung keinerlei Rolle, da ich in meiner Ehefrau eine hervorragende Friseuse im Haus habe und bei uns nicht einmal Maskenpflicht herrscht. Meine bessere Hälfte selbst wird dagegen von ihrem Stammsalon bezüglich eines festzulegenden Termins telefonisch mehrfach kontaktiert. Handelt es sich hier um einen besonderen Kundendienst für Stammkunden, eine notwendige organisatorische

Maßnahme oder etwa die Sorge der Inhaberin, dass doch nicht so viele Kunden und Kundinnen ihre Dienstleistung vermisst haben?

Auf die lange vermisste Kundschaft warten natürlich auch die Gaststätten und Restaurants, denen man jedoch noch nicht viele Hoffnungen bezüglich einer Wiedereröffnung machen kann. Die Aussage des nordrhein-westfälischen Gesundheitsministers Karl-Josef Laumann zeigt, dass mit einer schnellen Öffnung der Gastronomiebetriebe nicht zu rechnen sei: „Zum jetzigen Zeitpunkt sehe ich das nicht." Die Proteste der Gastronomen in Form leerer Stühle vor den Gaststätten sollen auf die finanziellen Probleme aufmerksam machen. Auch Markus Söder bezieht eindeutig Stellung zu Lockerungen in der Gastronomie: „Wo Alkohol ausgeschenkt wird, ist das Abstandsgebot schnell vergessen." Dem will auch die Stadt Leverkusen Rechnung tragen, als sie ein Alkoholverbot im öffentlichen Raum für die Mainacht verkündet, welches allerdings juristisch gekappt wird. Nun darf in der Mainacht Alkohol im öffentlichen Raum konsumiert werden - aber maximal zu zwei Personen. Na dann viel Spaß und Prost!

In mehreren Bundesländern überlegen die Verantwortlichen für Tourismus, Hotellerie und Gastronomie, ein Drei-Phasen-Konzept der Lockerung einzuführen. Zunächst sollen die Outdoor-Angebote wie Zoos und Parks wieder geöffnet werden, dann können in einem zweiten Schritt die Restaurants, Hotels und Ferienwohnungen mit Einschränkungen wieder genutzt werden und in der dritten Phase sollen alle Einschränkungen entfallen.

Für viele Familien ist von besonderer Bedeutung, dass man plant, die Spielplätze wieder zu öffnen, wozu allerdings noch kein einheitlicher Zeitpunkt festgelegt worden ist. Dazu passt auch, dass die Kultusminister der Länder weitere Schulöffnungen vorbereiten, wobei eine bundeseinheitliche Regelung angestrebt wird. Im Gegensatz zu den Elternprotesten wegen einer zu schnellen und nicht gründlich geplanten Öffnung der Schulen in Nordrhein-Westfalen demonstrieren andere Eltern vor dem Landtag für eine schnellere Öffnung von Schulen, Kitas und Spielplätzen. Die Demonstration wird für insgesamt 25 Personen genehmigt. Vier Familien mit Kindern erscheinen mit Plakaten wie „Kinder brauchen Kinder".

Solche und weitere Lockerungen werden knallhart diskutiert. Manche sprechen von der immensen Gefahr für Gesundheit und Leben vieler Menschen, andere dagegen von einer unzulässigen Einschränkung der persönlichen Freiheit. Die uralten Fragen der Menschheit: Wie weit reicht meine persönliche Freiheit? Ab wann muss ich mich einschränken? Ab welchem Moment grenze ich die Freiheit eines anderen ein? Darf eine Institution meine Freiheit begrenzen? Es fällt mir äußerst schwer, in dieser Frage konkret Stellung zu beziehen. Wichtig ist mir nur, dass man zu Kompromissen kommt, welche von allen Seiten getragen werden, und dass die Diskussion nur im Gespräch, in friedlichen Demonstrationen und nicht in gewaltsamer Weise ausgetragen wird.

Das Dilemma zeigt sich klar in der Aussage der Bundeskanzlerin: „Diese Pandemie ist eine demokratische Zumutung." Dann erläutert sie weiter: „Kaum eine Entscheidung ist mir in meiner Amtszeit so schwer gefallen wie die Einschränkung der persönlichen Freiheitsrechte." Besonders nimmt sie dann Bezug auf die älteren Menschen als die am stärksten Gefährdeten: „Diese 80-, 90-Jährigen haben unser Land aufgebaut.

Den Wohlstand, in dem wir leben, haben sie begründet." Sie gelte es besonders zu schützen, nicht aber sie mit Hilfe von Zwangsmaßnahmen zu isolieren. Wenn man an die Besuchsverbote in Alten- und Pflegeheimen denkt, so kommt man nicht umhin, dennoch von einer Art Isolation zu sprechen, da gerade die liebgewonnenen Menschen keinen Zugang zu den alten Menschen haben, worunter diese hochgradig leiden.

Zu Einschränkungen der Freiheitsrechte und zu weiteren Lockerungen geben Politiker fast aller Parteien und viele Institutionen Statements ab. Alle hoffen auf weitergehende Lockerungen, die meisten sorgen sich dabei jedoch vor den noch nicht absehbaren Folgen.

So wünscht sich Armin Laschet für Nordrhein-Westfalen weitere Lockerungen im Mai, will aber zunächst zwei Wochen abwarten, welche Auswirkungen die bisherigen Lockerungen auf das Infektionsgeschehen haben.

Der SPD-Politiker und ehemalige Vizekanzler Franz Müntefering rät massiv von weiteren Lockerungen ab: „Wir dürfen nicht nachlässig werden. Rückschläge im Kampf gegen die Pandemie könnten sich verheerend auswirken." Und weiter: „Es ist nicht die Zeit für Experimente."

Eine identische Argumentation ist vom Robert-Koch-Institut zu vernehmen: „Wir dürfen jetzt nicht nachlässig werden." Die bisherigen Erfolge habe man durch die Schutzmaßnahmen erzielt. Auf die bisherigen Lockerungen dürfe nun kein „Erdrutsch" an weiteren folgen.

Friedrich Merz, Wirtschaftspolitiker und wie Armin Laschet möglicher Parteivorsitzende und Kanzlerkandidat der CDU, sieht das Problem mehrdimensional: „Ich gehöre zu den Vorsichtigen." Deutschland stehe erst am Beginn der Pandemie. Wenn die gesundheitlichen Risiken jedoch halbwegs unter Kontrolle seien, ändere sich die Priorität: „Wir müssen dafür sorgen, dass die Betriebe wieder ans Laufen kommen." Worte eines Wirtschaftspolitikers!

Auch Christian Lindner, FDP-Vorsitzender, ist in diesem Fall für weitere Lockerungen, aber dazu müssten die vorgegebenen Schutzmaßnahmen eingehalten werden. Wichtig sei es auch, dass man unterschiedliche regionale Lösungen in

Betracht ziehe, die aktuellen Vorgaben seien zudem teilweise „widersprüchlich".

Thüringens Ministerpräsident Bodo Ramelow kritisiert dagegen das uneinheitliche Vorgehen der Bundesländer, eine Kritik, welche mir nicht ganz nachvollziehbar erscheint, da in den verschiedenen Bundesländern ja auch eine unterschiedliche Infektionssituation vorliegt.

Auf Grund der Äußerungen von Politikern aller Parteien hält es Bundestagspräsident Wolfgang Schäuble für notwendig, im Namen des Parlaments eine Stellungnahme abzugeben. Er erklärt, dass der Schutz von Leben nicht über allen anderen Grundrechten stehe. Diese Feststellung sei in ihrer Absolutheit so nicht richtig, denn der Schutz von Leben könne nicht alles rechtfertigen. „Wenn es überhaupt einen absoluten Wert in unserem Grundgesetz gibt, dann ist das die Würde des Menschen. Die ist unantastbar. Aber sie schließt nicht aus, dass wir sterben müssen", stellt Schäuble klar und wird dafür von Robert Habeck, dem Parteivorsitzenden von Bündnis 90/Die Grünen, gelobt. Mich erinnert Schäubles Aussage an eine Krise der Bundesrepublik vor Jahrzehnten, als die RAF – Rote Armee Fraktion – den Arbeitgeberpräsidenten Hanns-Martin Schleyer entführt und ein Ultimatum gestellt hatte, welches von der Bundesregierung nicht erfüllt wurde. Damals war die Ermordung Schleyers die Folge der unnachgiebigen Haltung der Bundesregierung. Steht das Leben eines Menschen also nicht über allen Werten? Ich weiß es nicht! Diese Frage stellt sich auch, wenn es darum geht, ob man ein Flugzeug mit Passagieren abschießen darf, um zu verhindern, dass es in ein Wohngebiet gesteuert wird. Eine Antwort hierauf zu geben, fällt mir nicht nur schwer, ich kann mich zu keinem Ja oder Nein entscheiden und hoffe, dass eine Regierung nicht in die Situation kommt, eine solche Entscheidung fällen zu müssen.

Vertreter der AfD machen es sich im Hinblick auf die Corona-Pandemie einfach, indem sie die Kontaktbeschränkungen inzwischen für weitgehend überflüssig erklären und fordern, dass die Menschen selbst die Verantwortung übernehmen müssen. Was dies für die Ausbreitung des Virus bedeutet? Aus meiner Erfahrung sicherlich nichts Gutes, da viele Menschen eine solche Verantwortung nicht übernehmen wollen oder können!

Einigkeit herrscht darüber, dass in der derzeitigen Krise von der Politik genehmigte staatliche Hilfen alternativlos sind. Die Vorschläge und Forderungen für diese, aber auch Genehmigungen dieser sind vielfältig:

So wird in Nordrhein-Westfalen das Kurzarbeitergeld aufgestockt. Der Deutsche Gewerkschaftsbund fordert darüber hinaus gehend einen „Sonderfonds Kurzarbeitergeld Plus" zur sofortigen Aufstockung des Kurzarbeitergeldes auf achtzig Prozent des Lohns. Auch das Kurzarbeitergeld für Schauspieler, Musiker sowie andere in der Unterhaltungssparte Beschäftigte wird aufgestockt. Ebenso können nun Studentinnen und Studenten einen Notkredit von bis zu 650 Euro im Monat bei der staatlichen Förderbank KfW beantragen. Der Kredit ist zunächst bis Ende März 2021 zinslos. Da in vielen Familien ein Elternteil oder beide Elternteile in Kurzarbeit oder gar gekündigt sind, fordern Grünen-Politiker ein „Corona-Elterngeld", außerdem einen „Kauf-vor-Ort-Gutschein" von 250 Euro für jeden Bürger zur Unterstützung des Einzelhandels. Dieser soll nur in den vom Lockdown betroffenen Geschäften eingelöst werden können. Ausgeschlossen ist natürlich besonders der Online-Handel, welcher von der Pandemie stark profitiert hat, was man daran erkennen kann, dass zum Beispiel Amazon dringend neue Mitarbeiter sucht.

Auch an die Tiere denkt man und so werden 11,8 Millionen Euro an die zurzeit ja geschlossenen und daher ohne Einnahmen wirtschaftenden Zoos überwiesen, um die Versorgung der Tiere zu gewährleisten.

Besonders für die Menschen ohne festen Wohnsitz ist die Situation katastrophal. Karl-Josef Laumann sieht „das Leben auf der Straße" in der Corona-Krise als besonders schwierig und kündigt für Nordrhein-Westfalen ein Notfallpaket in Form von Lebensmitteln, Hygieneartikeln und Essensgutscheinen an. Eine Aktion, welche ich für unbedingt notwendig halte, da ich die Situation der Männer und Frauen ohne festen Wohnsitz auf meinen Wegen durch die Stadt selbst beobachten kann: Keine Möglichkeit, sich zu waschen, zur Toilette zu gehen und sich zu desinfizieren! Dass dabei nicht unbedingt Wert auf den geforderten Mindestabstand gelegt wird, kann man nachvollziehen. Gut, dass inzwischen viele der zuvor geschlossenen Tafeln wieder geöffnet haben und Bedürftigen ermöglichen, sich mit den notwendigsten Lebensmitteln zu versorgen.

Auch ich habe inzwischen trotz aller Bedenken meine ehrenamtliche Tätigkeit bei der Tafel wieder aufgenommen und hole Lebensmittel von den Supermärkten ab. Irgendwie muss man schließlich wieder einen Weg in eine allerdings noch lange nicht erreichte Normalität finden. Und mir scheint der Wiedereinstieg in die Arbeit bei der Tafel für mich der richtige Weg zu sein, da ich so das Gefühl bekomme, nicht tatenlos dem Geschehen zuzuschauen, sondern wieder eine sinnvolle Tätigkeit aufzunehmen.

Die Beschäftigten in der Altenpflege erhalten einen abgabefreien Bonus von bis zu 1500 Euro als Anerkennung ihrer unermüdlichen Arbeit während der Krise. Eine Honorierung ihrer beispielhaften Arbeit, welche meines Erachtens unbedingt notwendig ist! Allerdings sollten meiner Ansicht nach nicht nur die Beschäftigten in Pflegeeinrichtungen, sondern auch die anderen im Gesundheitswesen arbeitenden Krankenpfleger und Krankenpflegerinnen diesen Bonus erhalten.

Zudem sollte man langfristig eine Anhebung der nicht so üppig ausfallenden Löhne in Form von Tarifverträgen in Betracht ziehen.

Viele Wirtschaftsunternehmen erhalten ebenfalls weitere Hilfen in ihrer prekären Situation. So übernimmt das Land Nordrhein-Westfalen Kreditbürgschaften für zehn Milliarden Euro, überwiegend für kommunale Unternehmen. Bislang sind zudem mehr als drei Milliarden Euro an Unternehmen ausgezahlt worden, welche besonders unter der Krise leiden, vor allem kleine und mittlere Betriebe sowie Solo-Selbstständige. Das Geld darf allerdings nur für Betriebsausgaben verwendet werden.

Von den sogenannten „Wirtschaftsweisen" wird die Politik allerdings aufgefordert, bei den Unterstützungen Maß zu halten. Sie nennen dazu die Autoindustrie und das Gastronomiegewerbe als Beispiele. Sonst könnten ihrer Ansicht nach die Hilfsangebote dazu führen, dass eine Mentalität des „Wer hat noch nicht, wer will nochmal" entsteht.

Da ist es gut, dass die Fußballvereine der 1. und 2. Bundesliga nicht mehr von der Pleite bedroht sind, weil die Deutsche Fußball Liga (DFL) 300 Millionen Euro Mediengelder erhalten hat. Dabei kommt einem das umstrittene Wirtschaftsverhalten manches deutschen Fußballvereins in den Sinn. Sicherlich ist die finanzielle Gefährdung einiger Vereine nicht in der Coronakrise begründet.

Wenn man den Blick von Deutschland auf die Europäische Union richtet, ist zu erwähnen, dass bei einem EU-Gipfel ein 500-Milliarden-Hilfspaket bewilligt worden ist.

Nicht alle Unternehmen leiden unter der Krise, manche profitieren sogar von ihr. Der Gegensatz lässt sich gut an zwei Unternehmen verdeutlichen. Während der Küchenhersteller Poggenpohl einen Insolvenzantrag stellen muss, gibt es bei einem Kölner Start-up-Unternehmen einen regelrechten Boom, da man dort Desinfektionsmodule mit extrem starken UV-C-Licht für die Desinfizierung von Rolltreppenbändern anbietet.

Zwar rechnet die Bundesregierung mit einer schweren Rezession und gibt für das Bruttobundesinlandsprodukt eine Prognose von 6,3 Prozent Rückgang in 2020 an, hofft jedoch für 2021 wieder auf einen Zuwachs von 5,2 Prozent. Ob dies bei dem von dem Institut für Wirtschaftsforschung festgestellten, schlechtesten Wert des Geschäftsklimas, der Stimmung in den deutschen Unternehmen, eine realistische Erwartung ist, sei dahingestellt. Viele Wissenschaftler rechnen für Deutschland mit einem Anstieg der Arbeitslosenzahlen auf mehr als drei Millionen. Eine große Anzahl für Deutschland, eine kleine im Vergleich zu 30 Millionen Arbeitslosen durch die Coronakrise in den USA, wo sich eine verheerende Wirtschaftskrise andeutet. Auch für die Eurozone sieht die EZB-Präsidentin Christine Lagarde einen Konjunkturabschwung „in einem Ausmaß und einer Geschwindigkeit, wie wir es in Friedenszeiten noch nicht gesehen haben." Dessen ungeachtet steigt der DAX nach seiner Talfahrt wieder auf einen Wert von über 11 000 Punkten, allein wegen der Hoffnung, den Kampf gegen das Virus zu gewinnen.

Sollte dieser Kampf irgendwann tatsächlich gewonnen sein, wird sich für viele Arbeitnehmer in ihrem Alltag sicherlich eine Veränderung zu Zeiten vor Corona ergeben. Laut Bundesarbeitsminister Hubertus Heil soll auch nach der

Krise mehr Arbeit im Home-Office ermöglicht werden. Eine Entwicklung, welche den Arbeitnehmern Wege und den Unternehmen Kosten für Büroräume erspart. Weshalb der Arbeitgeberverband diese Entwicklung ablehnt, erschließt sich mir noch nicht. Ein interessanter Aspekt im Zusammenhang mit der Arbeit im Home-Office ist, dass manche Hotels zurzeit Zimmer als Büroräume vermieten. Nicht alle Arbeitnehmer haben scheinbar zu Hause genügend Ruhe, um ihrer Arbeit nachgehen zu können. Ein Problem, welches vielen Lehrerinnen und Lehrern bekannt sein dürfte.

Heftige Diskussionen gibt es bei der Lehrer- und Schülerschaft sowie den Elternvertretungen weiterhin bezüglich der Regelungen für die Wiederöffnung der Schulen. Nordrhein-Westfalen prescht vor und öffnet, wie erwähnt, die Schulen nun nicht mehr nur für die Abschlussklassen, sondern auch für die übrigen Schülerinnen und Schüler in Form eines „rollierenden" Systems. Das bedeutet, dass im Wechsel einzelne Jahrgangsstufen bzw. Klassen wieder Präsenzunterricht erhalten. Im Rückblick verteidigt die nordrhein-westfälische Schulministerin Yvonne Gebauer weiterhin die Schulöffnungen in der ersten Phase. Fast neunzig Prozent der Abiturientinnen und Abiturienten seien freiwillig zur Schule gekommen, und die Schüler und Lehrkräfte seien „sehr kreativ" in Bezug auf die Abstandsregeln gewesen. Was auch immer das heißen mag! Das Land habe zudem das notwendige Material zur Verfügung gestellt.

Jedenfalls beklagt unsere Tochter im Schuldienst zu Recht die unklaren und oft auch fehlenden Anweisungen sowie das Hin und Her der Entscheidungen. Die meiste Zeit über seien die Schulen allein gelassen worden, wodurch die Belastung der Lehrkräfte enorm angestiegen sei. Für die neuesten Regeln zur Wiederöffnung der Schulen habe man den Schulleitungen und dem Personal nur drei Tage Zeit gegeben. Mein Einwand, dass man sich bereits im Vorfeld darüber hätte Gedanken machen müssen, lässt sie nicht gelten, da die Modalitäten nicht klar genug und erst sehr spät mitgeteilt worden seien. Auch die Regelung bezüglich der Lehrkräfte, welche zu den Risikogruppen zählen, belaste die Schulen in hohem Maße. Nicht nachvollziehbar erscheint auch mir, dass solche Lehrkräfte bei mündlichen Abiturprüfungen zunächst nicht, später dann doch eingesetzt werden sollen. Wo liegt das Problem bei einer Prüfungssituation, in welcher sich vier Personen – drei Prüfer, ein Prüfling – alleine in einem Klassenraum befinden? Der Protest von Seiten der Gewerkschaft erschließt sich mir nicht.

Proteste wird es sicherlich auch gegen die Aussage von Bundesbildungsministerin Anja Karliczek (CDU) geben, welche Samstagsunterricht für eine Möglichkeit hält, den Schulbetrieb fortzusetzen, wodurch sechsmal Unterricht pro Woche ermöglicht werde. Mich erinnert das an meine Anfänge, als der Samstag noch regulärer Unterrichtstag war, dann dies schrittweise geändert wurde, indem es zunächst einen freien Samstag, dann zwei freie Samstage und schließlich keinerlei Unterricht mehr an Samstagen gab. Ich kann nicht behaupten, dass ich gerne wieder zur alten Regelung zurückgekehrt wäre!

Eine meines Erachtens sinnvolle Entscheidung ist, dass es 2020 in Nordrhein-Westfalen kein Abitur ohne Abschlussprüfungen und damit kein „Abitur zweiter Klasse" geben wird. Zudem erlässt der nordrhein-westfälische Landtag ein „Gesetz zur Sicherung von Schul- und Bildungslaufbahnen im Jahr 2020". Dieses Gesetz beinhaltet, dass niemand sitzenbleiben soll, Prüfungen verschoben und angepasst werden können, niemand nach dem Ende der Erprobungsstufe in Klasse 6 in eine andere Schulform wechseln muss und auf zentrale Abschlussprüfungen in Klasse 10 verzichtet wird. Möglich bleibt eine freiwillige Wiederholung des Schuljahres.

Auch die Kirchen sollen unter Auflagen wieder geöffnet werden. Nordrhein-Westfalen ist auch in dieser Hinsicht Vorreiter. Ab 1. Mai sollen hier Gottesdienstbesuche ohne Begrenzung der Personenzahl wieder möglich sein. Familien dürfen zusammensitzen, wobei es für Schutzmasken lediglich eine Empfehlung gibt. Eigene Gesangsbücher sollen mitgebracht werden, auf den Friedensgruß und lauten Gesang soll verzichtet werden. Kritik gibt es an dieser Lockerung, da Bund und Länder sich erst eine Woche später auf eine gemeinsame Linie einigen wollen und die Bundesregierung ein einheitliches Vorgehen bei religiösen Feiern wünscht. Das hätte auch Auswirkungen auf das tägliche Gebet in den Moscheen, welches trotz des nun begonnenen Ramadans nicht erlaubt ist, ebenso wenig wie das gemeinsame

Fastenbrechen am Abend mit der Familie und Freunden.

Der Politologe Albrecht von Lucke kritisiert das Vorpreschen von Armin Laschet, welches im Gegensatz zu dem Verhalten von Angela Merkel und Markus Söder steht: „Laschet muss aufpassen, dass er bald nicht sehr, sehr alleine dasteht." Dabei denkt er sicherlich auch an Laschets Ambitionen, Parteivorsitzender und Kanzlerkandidat der CDU/CSU zu werden. Laschet selbst stellt klar, dass für ihn die Kanzlerschaft nicht im Zentrum steht: „Kanzlerschaft oder nicht, das interessiert mich momentan überhaupt nicht." Zurzeit sei ein angemessenes Reagieren auf die Corona-Bedrohung entscheidend, vor allem das ständige Abwägen bezüglich weiterer Lockerungen. Es gebe in Nordrhein-Westfalen kein leichtfertiges Lockern, sondern ein ernsthaftes Abwägen. Die wegen der absinkenden Infektionszahlen getroffenen Maßnahmen seien richtig gewesen.

Die Infektionswerte spielen natürlich die zentrale Rolle bei den Überlegungen im Hinblick auf weitere Lockerungen. Am 22. April steigt die Zahl der an einem Tag neu infizierten Personen in

Deutschland weiter an auf 2200, insgesamt sind nun bereits mehr als 150 000 Menschen in Deutschland infiziert. In Nordrhein-Westfalen sind laut den Gesundheitsämtern zwei Drittel aller hier Infizierten inzwischen wieder genesen. Einen Tag später erreicht die Zahl der bisher in Folge einer Infektion mit dem Corona-Virus gestorbenen Menschen dennoch die Zahl 1000. Das Durchschnittsalter der Personen beträgt 82 Jahre, was erneut die besondere Gefährdung älterer Menschen zeigt. Besondere Bedeutung wird weiterhin der Reproduktionszahl beigemessen. Liegt diese unter dem Wert 1,0, wie es derzeit der Fall ist, sieht man keine Schwierigkeiten für die Behandlung Infizierter in den Krankenhäusern. Steigt die Zahl darüber, gebe es möglicherweise Probleme. Am Ende des Monats liegt der Wert bei 0,8.

Im Gegensatz zu vielen anderen Ländern scheint Deutschland einigermaßen durch die Krise zu kommen. Aus diesem Grunde lobt das Europabüro der Weltgesundheitsorganisation WHO Bundeskanzlerin Angela Merkel und Gesundheitsminister Jens Spahn für ihre Arbeit in der Krise.

Am stärksten hat die Pandemie inzwischen die USA getroffen. Dort hat die Zahl der Infizierten inzwischen die eine Million, die der Toten die 50 000 überschritten. Fast jeder zweite New Yorker kennt laut einer Umfrage einen an Covid-19 Verstorbenen. Präsident Donald Trump will die Einwanderung in die USA für zwei Monate stoppen, da lebenswichtige medizinische Maßnahmen allein amerikanischen Bürgern vorbehalten sein sollen. Wegen der verheerenden Wirtschaftskrise sind in den USA zudem über 30 Millionen Menschen arbeitslos.

Die Weltgesundheitsorganisation WHO warnt besonders vor einer Corona-Ausbreitung in Afrika, wo diese auf Grund der hygienischen Verhältnisse und der Konstitution der Menschen eine humanitäre Katastrophe zur Folge haben würde. Mehrere afrikanische Länder haben auf die Pandemie mit strengen Maßnahmen wie Ausgangssperren reagiert, um die Zahl der Infizierten unter Kontrolle zu halten.

Andere Länder stellen erste leichte Lockerungen in Aussicht:

So wie in Belgien will man in Italien, wo inzwischen über zwei Millionen Menschen infiziert sind, die Schutzmaßnahmen in den nächsten vier Wochen schrittweise lockern. Dies gilt zum Beispiel für den Sport im Freien. Die Schulen will man allerdings erst im September wieder öffnen. Wer hier den besseren Weg wählt, ob Deutschland oder Italien, bleibt offen. In Spanien will man nun nach sechs Wochen die weltweit strengste Ausgangssperre zurückfahren. Zunächst dürfen Kinder unter 14 Jahren erstmals für eine Stunde wieder aus dem Haus, begleitet von einem Erwachsenen. Ab dem 2. Mai sollen Sport und Spaziergänge für alle wieder erlaubt sein. In Peking wird die „Verbotene Stadt" für eine begrenzte Personenzahl unter Sicherheitsauflagen wieder geöffnet.

Wie soll man diese Entwicklungen beurteilen? Sind wir wieder auf dem Weg zur Normalität? Oder sind wir auf dem Weg zur Normalität eher wieder einen Schritt zurück gegangen? Dies kann nur die weitere Entwicklung der Infektionswerte zeigen.

Auch über das Reisen denkt man inzwischen wieder nach.

Außenminister Maaß betont, dass die internationalen Reisewarnungen bestehen bleiben, macht jedoch Hoffnung: „Jeder einzelne kann seinen Beitrag dazu leisten, dass wir das Virus erfolgreich bekämpfen und nach dem 14. Juni möglichst keine Reisewarnung mehr brauchen." Dann schränkt er ein, dass es aller Voraussicht nach jedoch einen „normalen" Urlaub in diesem Jahr nicht mehr geben werde. Auch werde man keine Rückholaktionen im bisherigen Ausmaß mehr einrichten. Die letzte Rückholaktion erfolgt am 24. April aus Kapstadt, damit sind insgesamt rund 240 000 Deutsche und EU-Bürger aus anderen Ländern ausgeflogen worden. Trotz der Reisewarnungen sind allerdings Familienbesuche von Ehegatten, Eltern und Kindern über die Außengrenzen Deutschlands hinweg erlaubt. Die Hoffnung richtet sich bei vielen nun auf einen Sommerurlaub innerhalb Deutschlands, bevorzugt an der Küste und in Bayern. Dies würde natürlich auch der gebeutelten deutschen Tourismusbranche helfen. Auch das niederländische Zeeland lässt Touristen wieder einreisen, dort sind Übernachtungen in eigenen Häusern oder Wohnwagen nun erlaubt. In Österreich gibt es Überlegungen, die Grenze nach Deutschland wieder zu öffnen.

Unsere Urlaubsplanungen haben sich wie die vieler anderer trotz allem ins Nichts verflüchtigt. Nichts mit Urlaub in Griechenland, nichts mit Wandern auf dem Jakobsweg in Portugal und Spanien! Doch es gibt weit Schlimmeres!

Wenn man schon im Hinblick auf Reisen eingeschränkt ist, so hofft man doch auf nun wieder zu besuchende Veranstaltungen im Land. Diese Hoffnungen werden jedoch überwiegend zerstört. Zwar fordert der Landessportbund Nordrhein-Westfalens den Wiedereinstieg in den Vereinssport als Hilfe in der Krise und Weg zu verantwortungsbewusstem Handeln, stößt jedoch bei vielen auf taube Ohren, was nachvollziehbar ist, wenn man bedenkt, wie bei vielen Menschen solches verantwortungsbewusste Handeln aussieht. Dazu braucht man sich nur die Drängeleien auf den Märkten und heruntergelassenen Masken anzuschauen. Daher wird meines Erachtens zu Recht das CHIO in Aachen abgesagt und das Fußball-Pokalfinale in Berlin verschoben. Ein Start der Fußball-Bundesliga in Form von sogenannten

„Geisterspielen" wird heiß diskutiert. Zwar hat sich die Sportministerkonferenz für eine Fortsetzung der Bundesligasaison ab Mitte bis Ende Mai ausgesprochen, wird jedoch mit dem Einspruch der Polizeigewerkschaft und dem Widerspruch des Gesundheitsexperten der SPD, Karl Lauterbach, konfrontiert. Dieser plädiert energisch gegen einen Bundesliga-Neustart, da so die Vorbildfunktion ad Absurdum getrieben werde. Es gebe keinen Mundschutz, die Abstandsregelung werde nicht befolgt und Zweikämpfe seien unvermeidbar. Zudem würden sich die Fans der Vereine vor den Stadien oder an anderen Orten versammeln. Eine Darstellung, welche auch für mich als Fußballfan vollkommen nachvollziehbar ist. Die Entscheidung wird zunächst vertagt.

Die Feiern zum 250. Geburtstag Ludwig von Beethovens werden in Bonn bis zum September 2012 verlängert, um ansonsten notwendige Einschränkungen der Festivitäten zu verhindern. Auf einem anderen musikalischen Level hört man eine überraschende Nachricht: Die Rolling Stones veröffentlichen zum ersten Mal seit 2012 einen Song. Der Titel ist bezeichnend: „Living in an Ghost Town". Konzerte kann man auch bald in

Deutschland wieder hören bzw. anschauen, und zwar in Autokinos. Es gibt so viele Anträge für Autokinos wie nie zuvor. Sogar Trauungen in diesem Rahmen werden in Betracht gezogen.

Mediziner warnen davor, notwendige Operationen, Vorsorgeuntersuchungen und die Impfungen der Kinder zu verschieben, da diese extrem wichtig seien. Die Abläufe in den Praxen der Ärzte seien so angepasst, dass dort kein Infektionsrisiko bestehe.

Die gesetzlichen Krankenkassen melden einen deutlichen Anstieg der Ausgaben für Medikamente wegen des Anstiegs der ausgegebenen Rezepte. Dies hängt, wie ich selbst erfahren musste, mit befürchteten Lieferengpässen zusammen, da ein Großteil der Medikamente in China hergestellt wird. So wurde mir empfohlen, meinen Vorrat an Blutdrucktabletten aufzustocken, da eventuell bald keine der Pillen mehr geliefert werde. Ob diese Befürchtung demnächst dazu führen wird, dass mehr Medikamente in Deutschland hergestellt werden, um unabhängiger vom Ausland zu sein, wird die Zukunft zeigen.

Hoffnungen auf einen bald zur Verfügung stehenden Impfstoffe gegen Covid-19 werden geweckt, als Mitte des Monats der Test eines neuen Impfstoffs des Unternehmens Biontech an zweihundert gesunden Freiwilligen genehmigt wird. Auch die Tests mit dem antiviralen Mittel Remdesivir machen Hoffnung, aber für eine abschließende Bewertung ist es noch zu früh. Wichtig ist es laut Angela Merkel, dass ein wirksamer Impfstoff ein „globales öffentliches Gut" sei und „in alle Teile der Welt" verteilt werde. Daher ruft sie zur Zusammenarbeit von Politik und Wirtschaft auf. Dass dies bei Donald Trump nicht so gut ankommt, ist zu erwarten. „America first" eben!

Keinen Schutz vor Covid-19 bietet auf jeden Fall die UV-Strahlung. Dies erklärt das Bundesamt für Strahlenschutz, nachdem der amerikanische Präsident Donald Trump geraten hat, als Therapie starkes Licht durch die Haut oder auf andere Weise „in den Körper" zu bringen. Daher sollten die Menschen die Sonne genießen. Sollen sie! Aber es wäre zu schön, wenn es so einfach wäre, das Virus zu besiegen!

Was aber kann helfen?

Angela Merkel betont, dass es wichtig sei, die aufgestellten Regeln zu beachten und Abstand zu halten. Zudem müsse man die Infektionsketten nachvollziehen können.

Immerhin waschen sich inzwischen dreiundneunzig Prozent der Deutschen die Hände, wenn sie heimkommen, im vorigen Jahr waren es nur einundsiebzig Prozent. Jeder Dritte trägt zudem ein Desinfektionsspray mit sich. Viele vermeiden es, Türklinken und Schalter anzufassen. Bei uns ist dies auch zur Regel geworden, wenn ich es auch ab und an schon einmal vergesse. Da so viele Deutsche ein Desinfektionsmittel bei sich haben, ist es schwierig, an ein solches zu gelangen, wenn man seines aufgebraucht hat. Die entsprechenden Regalstellen in den Drogerien weisen immer häufiger Lücken auf.

Zum Schluss eine Meldung am Rande: In Köln musste ein illegales Bordell von der Polizei geschlossen werden.

15

Ende Mai 2020

Keine Entwarnung! Immer noch ist die Coronapandemie in den Medien Thema eins! Was sollte man nach den Öffnungen auch anders erwarten?

Laut der sogenannten „Heinsberg-Studie" des Virologen Hendrik Streeck und des Immunologen Gunter Hartmann haben sich in Deutschland möglicherweise bereits 1,8 Millionen Menschen infiziert, somit zehnmal mehr, als die offiziellen Zahlen aussagen. Dies ergibt sich aus einer Hochrechnung der Todesfälle in Gangelt im Verhältnis zur Zahl der tatsächlich Infizierten, dies übertragen auf ganz Deutschland. Zudem hätten sich bei zwanzig Prozent der Untersuchten keinerlei Symptome gezeigt. Was soll man glauben? Auf jeden Fall haben sich meines Erachtens viel mehr Menschen infiziert, als offiziell angegeben wird.

Weiterhin wird jetzt meist die Reproduktionszahl zu Rate gezogen, um die Situation zu bewerten. Am 10. Mai vermeldet das Robert-Koch-Institut, dass die Ansteckungsgefahr wieder steige, und zwar auf einen Wert über 1,0. Noch kurz vorher lag dieser Wert bei 0,65. Nur wenig später liegt er mit 0,94 wieder leicht unter 1,0. Ein reines Spiel mit Zahlen oder tatsächlich ein aussagekräftiger Wert? Auf jeden Fall muss man sich die Frage stellen, welcher Wert von den Wissenschaftlern, besonders von den Medizinern gewünscht ist. Ein Wert unter 1,0 lässt sich, wie bereits gesagt, in den Krankenhäusern mit medizinischen Mitteln bewältigen, steigt er darüber hinaus, stehen eventuell nicht genügend Notfall- und Beatmungsbetten zur Verfügung. Sinkt er deutlich unter 1,0, wird die von vielen gewünschte „Durchseuchung" des Landes nicht erreicht. Von dieser „Durchseuchung" verspricht man sich auf Dauer eine Entspannung der Situation, da die absoluten Zahlen Infizierter dann beherrschbar bleiben.

Diese „Durchseuchung" ist in Deutschland wie auch in den anderen Ländern bei weitem noch nicht erreicht, und der Bundesminister für Gesundheit Jens Spahn sieht daher die Pandemie in Deutschland nicht als bewältigt an: „Wir werden weiter mit dem Virus leben müssen."

Während man in manchen Ländern, so in Spanien und in Frankreich, über schrittweise weitere Lockerungen nachdenkt, muss man feststellen, dass es nur noch wenige Länder auf der Welt ohne Corona-Fall gibt. UN-Generalsekretär Guterres warnt vor der weiteren Entwicklung, auch er hat besonders Sorgen, was den afrikanischen Kontinent betrifft: „Die Pandemie wird wie ein Buschfeuer um sich greifen, mit tragischen Konsequenzen für die Menschen und diese besonders verwundbaren Volkswirtschaften."

Angela Merkel äußert sich erneut anlässlich einer Geber-Videokonferenz: „Es gehört zu den vornehmsten Aufgaben, Millionen von Menschenleben zu retten." Ihr Engagement zeigt sich auch in der Bewertung der verantwortlichen Politiker bezüglich ihres Verhaltens während der Coronapandemie, wo Deutschlands unter verschiedenen Ländern hinter Österreich und Neuseeland, aber vor Schweden bewertet wird. Am schlechtesten schneiden naturgemäß die Länder ab, welche von der Pandemie am meisten betroffen sind: Italien, Großbritannien und Frankreich. In den beiden letztgenannten Ländern ist die Zahl der Todesfälle inzwischen auf fast 30 000 gestiegen. In Nordrhein-Westfalen sind bis jetzt 1331 Menschen an Covid-19 verstorben.

In China wird die 4-Millionen-Stadt Jilin abgeschottet, um die Verbreitung des Virus zu verhindern, da es dort sechs neue Fälle von Corona gegeben hat. Eine solche Vorsichtsmaßnahme bei nur sechs Infizierten? Sind die Zahlen aus China wirklich verlässlich? Eine weitere Meldung erreicht uns aus Singapur: Dort hat eine 102jährige Frau eine Corona-Infektion überlebt. Ein Hoffnungsschimmer für alle infizierten alten Menschen!

Weitere bereits vollzogene oder geplante Lockerungen beschäftigen uns. Wie viele Freunde und meine ganze Familie genieße ich diese Schritte auf dem Weg zu einem wieder normalen Alltagsleben. Die Sorge, dass die Infektionszahlen dadurch wieder ansteigen und dass manche Lockerungen wieder zurückgenommen werden müssen, bleibt natürlich und dämpft die Freude in nicht geringem Maße.

Dass die „Große Mauer" in China für Touristen mit Mundschutz und nach Fiebermessung wieder geöffnet ist, gehört zwar nicht zu den

Möglichkeiten, welche wir oder Personen aus unserem Umfeld nutzen werden, aber viele andere Lockerungen helfen, den Alltag wieder besser bewältigen oder zumindest abwechslungsreicher gestalten zu können.

So freue ich mich darüber, nach Wochen erstmals wieder mit einem Freund zusammen einen längeren Spaziergang zu machen und uns über das in den letzten Wochen Erlebte auszutauschen. Bisher war ich immer nur gemeinsam mit Franziska unterwegs gewesen, da wir Sorge vor zu engen Kontakten mit anderen Personen hatten. Für uns beide ist es ein besonderes Erlebnis, nach so vielen Wochen erstmals wieder einen Cappuccino draußen auf dem Marktplatz trinken zu können. Was für ein herrlicher Geschmack! Das muss an der ganzen Atmosphäre liegen! Schließlich haben wir zu Hause auch sehr guten Kaffee aus der Maschine, aber der ganz kleine Schritt zurück in den Alltag macht die Veränderung. Und dann der erste, lange vermisste Kontakt zu den Enkelkindern! Ein Eis auf der Hand, natürlich mit dem notwendigen Abstand zueinander, aber mit frohen, lachenden Gesichtern! Schön!

Besonders wichtig für junge Familien in Nordrhein-Westfalen ist nicht nur, dass die Spielplätze und unter Auflagen auch die Freibäder wieder geöffnet werden, sondern auch, dass 160 000 Viertklässler wieder in die Schulen gehen und auch die Förderschulen wieder geöffnet werden. Um den Schulbesuch auch für die übrigen Kinder ab dem 11. Mai zu ermöglichen, soll in den Schulen das bereits genannte rollierende System erarbeitet werden. In der Begründung für die Öffnung der Schulen heißt es, dass nicht nur die Gesundheit, sondern auch die Bildung ein hohes Gut sei. Da das Erreichen von Abschlüssen ein entscheidender Moment im Leben von Schülerinnen und Schülern ist, will NRW-Schulministerin Gebauer auch die Übergabe von Abschlusszeugnissen im Beisein von Eltern ermöglichen. In Aussicht gestellt wird auch ein eingeschränkter Regelbetrieb für alle Kinder in den Kitas. Armin Laschet stellt dazu fest: „Und wenn man sieht, dass inzwischen in Bayern Biergärten geöffnet haben, dann finde ich, haben auch Kinder wieder Betreuung verdient." Diese Aussage bezieht sich darauf, dass in Bayern eine Wiedereröffnung der Gastronomie erfolgt, und zwar ab 18. Mai für die Außenbereiche, eine Woche später für die Innenbereiche und die Restaurants, ab 30. Mai auch für die Hotels. Nordrhein-Westfalen steht dem in nichts nach: Auch hier öffnen die Gaststätten ab dem 11. Mai wieder, und zwar sowohl die Außen- wie Innenbereiche. Einschränkungen sind, dass ausschließlich Personen aus zwei Haushalten an einem Tisch sitzen dürfen, die Plätze angewiesen werden und eine Registrierungspflicht besteht. Die Kellnerinnen und Kellner müssen Masken tragen, die Gäste bis zum Erreichen ihres Platzes und auf dem Weg zur Toilette ebenso. Die Bars in NRW bleiben dagegen weiterhin geschlossen.

Selbst Fitness-Studios und Tanzschulen nehmen in Nordrhein-Westfalen ihren Betrieb wieder auf. Erlaubt ist auch wieder der Trainingsbetrieb im Freien, unter anderem werden die Tennisplätze wieder geöffnet. Armin Laschet erklärt hierzu: „Heute schon an morgen denken, das ist der Nordrhein-Westfalen-Plan" als Weg zurück in „eine verantwortungsvolle Normalität". Er versuche immer abzuwägen, was zur Bekämpfung des Virus unbedingt notwendig sei und welche Schäden eine bleibende Schließung verursache. Bayerns Ministerpräsident Markus Söder kontert im

ZDF-Morgenmagazin: „Ein bisschen wundere ich mich schon, mit welcher Geschwindigkeit, und zwar innerhalb von Tagen, jetzt wieder alles zugelassen werden soll. Ich rate zu mehr Besonnenheit. Wir in Bayern werden alles etwas später machen als andere, weil ich glaube, wir müssen mehr mit Umsicht als mit Hektik reagieren."

Hier denkt er mit Sicherheit auch an Aussagen seiner Ministerkollegen aus anderen Bundesländern. In Mecklenburg-Vorpommern ist zum Beispiel in der Woche vor Pfingsten wieder Urlaub möglich. Hier und in Niedersachsen sind bereits vorher die Gaststätten für Einheimische wieder offen. Thüringens Ministerpräsident Bodo Ramelow kündigt an, zum 6. Juni alle Beschränkungen wieder aufzuheben, er setze auf selbstverantwortliches Handeln.

Es wäre zu schön, wenn man davon ausgehen könnte! Ich persönlich traue das dem weit überwiegenden Teil der Bevölkerung zu, aber eine geringe Anzahl von Menschen, welche diese Verantwortung nicht übernimmt, kann alles bislang Erreichte zunichtemachen.

Mir persönlich gehen manche Lockerungen viel zu weit. Daher verzichten Franziska und ich auf den gewohnten Besuch des Fitness-Studios, auch wenn man dort versucht alle Hygienemaßnahmen einzuhalten, indem die Duschen, Toiletten und Umkleiden geschlossen bleiben und die Trainingsgeräte nach jeder Benutzung desinfiziert werden. Meines Erachtens stellen jedoch die beim Trainieren ausgestoßenen Aerosole die größte Gefahr für eine Infektion mit dem Virus dar. Auch die Öffnung der Innenräume in der Gastronomie kann ich trotz Verständnis für die angespannte wirtschaftliche Situation der Gastronomen gar nicht nachvollziehen. Beim Blick durch das Fenster in eine Dorfkneipe musste ich feststellen, dass dort trotz Verbots des Thekenbetriebs Hocker neben Hocker fröhlich gewürfelt und gezecht wurde. Ich ärgere mich massiv, denn auf diese Weise sorgt man dafür, dass das Virus sich in der Bevölkerung immer weiter ausbreitet! So sehe ich auch viele der weiteren in Nordrhein-Westfalen geplanten Öffnungen äußerst kritisch: Der Besuch von Kinos, kleinen Theatern und Fachmessen sowie sportliche Aktivitäten in geschlossenen Räumen, auch solche mit Körperkontakt, sollen wieder erlaubt werden. Selbst der Vergnügungspark „Phantasialand" in Brühl öffnet für eine begrenzte Besucherzahl wieder, wenn auch etwas später als zum erlaubten Termin, da man entsprechende Vorbereitungen treffen müsse. Immerhin! Schausteller planen statt der abgesagten Großkirmes-Veranstaltungen in vielen Städten temporäre Freizeitparks mit Auflagen bezüglich der Besucherzahlen und der Angebote.

Der Bundestag kehrt in diesen Tagen nach einer Ankündigung von Bundestagspräsident Wolfgang Schäuble wieder zum normalen Parlamentsbetrieb zurück und beschließt ein neues Infektionsschutzgesetz, in welchem ein Pflegebonus sowie eine Ausweitung der Meldepflicht und der Verantwortung der Krankenkassen für Infektionstests festgeschrieben werden.

Nicht alle Politiker fallen dankenswerter Weise in den vielerorts anzutreffenden „Wiederöffnungshype" ein. So legt die Bundesregierung eine Obergrenze von 50 Neuinfektionen auf 100 000 Einwohner fest, ab welcher die Lockerungen wieder zurückgefahren werden müssen. Diese gilt nicht für ganze Bundesländer, sondern einzelne

Regionen. Zudem werden von der Bund-Länder-Kommission die Kontaktbeschränkungen zunächst bis zum 5. Juni, wenig später bis Ende Juni verlängert. Allerdings dürfen sich nun deutschlandweit wieder Personen aus zwei Haushalten treffen, und die Länder erhalten das Recht, die Personenzahl anzupassen.

Die Meinungen in der Bevölkerung sind gespalten. Laut ARD-Deutschlandtrend sind sechsundfünfzig Prozent der Deutschen für die Beibehaltung der Auflagen, vierzig Prozent sind dagegen für weitere Lockerungen in Kürze. Die Zahl der eingereichten Klagen gegen die Corona-Auflagen in Deutschland steigt kontinuierlich an und beträgt inzwischen bereits mehr als eintausend. Armin Laschet bleibt trotz allem bereits nach kurzer Zeit der Lockerungen bei seiner Einschätzung: „Der Re-Start hat sich gelohnt. Es ist genau das vorsichtige Hineintasten in eine verantwortungsvolle Normalität."

Die Lockerungen im Schulbetrieb führen bei einem der nun wieder erlaubten Treffen unserer ganzen Familie im häuslichen Raum zu einer heftigen Diskussion zwischen den erwachsenen

„Kindern". Von Lehrerinnenseite bemängelt Claudia, dass die angekündigten Maßnahmen nicht genügend vorbereitet seien. Nachdem man bisher Mühe genug gehabt habe, allen Schülerinnen und Schülern geeignete Aufgaben für das Homeschooling zuzustellen, teilweise mit dem Fahrrad bis zu den Privatwohnungen, solle man jetzt Konzepte entwickeln, wie ein Regelbetrieb mit notwendigen hygienischen Maßnahmen schrittweise wieder eingeführt werden könne. Und dies bei einer beträchtlichen Anzahl nicht einsatzfähiger Kolleginnen und Kollegen und ohne die von den Gemeinden zur Verfügung gestellten zusätzlichen Räume und Materialien. Von Polizistenseite stellt Stefan daraufhin fest, dass man doch mit solchen Vorbereitungen längst hätte beginnen können, da doch der Unterricht bis auf Betreuungseinsätze der Lehrerinnen und Lehrer nicht stattgefunden habe. Außerdem könne man nicht klagen, da die Arbeitszeit doch auch durch die angekündigten Maßnahmen nicht verlängert werde. Auch sei die vorgeschlagene Kürzung der Sommerferien doch bereits wieder vom Tisch. Polizistinnen und Polizisten seien dagegen nun in 12-Stunden-Schichten eingesetzt und hätten viele Kontakte mit möglicherweise infizierten Personen. „Dafür habt ihr in der folgenden Woche dann aber auch vollständig frei", schaltet sich Alina, die Tochter im Pflegedienst, ins Gespräch ein. „Und denke mal daran, wie es mit unseren Kontakten aussieht. Dagegen sind eure Kontakte mit möglicherweise infizierten Personen doch weit seltener. Bei uns ist dies die Regel! Und einen angemessenen Ersatz für die vielen Überstunden gibt es auch nicht." Jetzt muss Erik, der im Handwerk tätige Sohn, sich aber massiv beschweren: „Was wollt ihr drei eigentlich. Mag sein, dass eure Arbeitsbedingungen sich zum Schlechten gewandelt haben, okay. Schließlich haben wir zurzeit eine Pandemie und jeder muss seinen Teil zu deren Überwindung beitragen. Bei euch bleibt das monatlich aufs Konto überwiesene Geld immerhin gleich, bei mir nicht! Wenn man in Kurzarbeit ist, merkt man schnell, wieviel Geld am Monatsende fehlt!" Als daraufhin der Einwand kommt, dass er immerhin nicht arbeite und zu Hause chillen könne, muss ich dann doch eingreifen, nachdem ich mich bewusst zurückgehalten habe: „Natürlich habe ich, haben eure Mutter und ich es am besten, weil sich bei uns außer den Ausgangsbeschränkungen nicht viel ändert. Ihr habt alle für eure Position recht, und es ist sehr schwer zu sagen, wer am meisten unter der Situation leidet. Aber ist das denn auch nötig? Es reicht doch, dass ihr alle vier euren Beitrag zur Überwindung der Pandemie leistet, und vor allem wollen wir hoffen, dass ihr dabei gesund bleibt." Betretenes Schweigen! Natürlich wollte keiner seinen Geschwistern etwas vorwerfen und hofft darauf, dass alle gesund und ohne wirtschaftliche Schäden durch die Krise kommen werden. Doch man sieht, wie niedrig die Aggressionsschwelle auf Grund der schwierigen, ja bedrohlichen Situation geworden ist. Als wir uns ein paar Stunden wieder trennen, ist der Streit zwischen den Geschwistern vergessen, und am liebsten hätten sich alle umarmt. Aber ... wir leben in einer Pandemie, Umarmungen sind zurzeit tabu!

Alle vier „Kinder" hören in diesen Tagen Nachrichten, welche sie konkret betreffen, mal sind es hoffnungsvolle, mal sind es beunruhigende:

So mahnen die Lehrergewerkschaften mehr Unterstützung der Schulen durch die Behörden an. Entlastung in den Schulen verspricht man sich in Nordrhein-Westfalen auch von der Rückkehr vieler Lehrerinnen und Lehrer aus den sogenannten Risikogruppen, welche ab Juni nur noch auf Attest vom Präsenzunterricht freigestellt sind. Auch sind ältere und vorerkrankte Lehrerinnen und Lehrer doch verpflichtet, die mündlichen Abiturprüfungen durchzuführen. Den Protest mancher Lehrergewerkschaften kann ich, wie bereits gesagt, aus meinen Erfahrungen in keiner Weise nachvollziehen. Wo liegt bei vier Personen in einem Klassenraum das Problem, den Mindestabstand einhalten zu können? Nordrhein-Westfalens Schulministerin Yvonne Gebauer ist jedenfalls trotz der Klage vieler Eltern auf durchgängigen Präsenzunterricht vollkommen zufrieden mit der Umsetzung der Vorgaben: „Es ist schön zu sehen, wie gut der Schulbetrieb unter Einhaltung der Hygienestandards und der Infektionsschutz-Maßnahmen nach der pandemiebedingten Schließung organisiert wurde." Was soll sie auch sonst nach den vielen kritischen Stimmen zu ihrer Amtsführung sagen?

Trotz der Sorge vor einer „Lockdown-Generation" von jungen Menschen, welche Nachteile in der schulischen und beruflichen Ausbildung und so auch im späteren Beruf haben, sieht man auch bundesweit für die schulische Erziehung der Kinder Licht am Ende des Tunnels. So fordert Bundesbildungsministerin Anja Karliczek in allen Bundesländern wieder vollen Unterricht nach den Sommerferien. Die Schulen sollen die Ferienzeit nutzen, um zum Beispiel für weitere Raumkapazitäten zu sorgen. „Die Schulen sollen" heißt wohl „die Lehrerinnen und Lehrer sollen" die Ferienzeit nutzen, also während dieser Zeit nicht nur den Unterricht des nächsten Schuljahres vorbereiten, sondern zusätzlich an Raumkonzepten arbeiten. Das wird sicherlich nicht allen gefallen! Bei dem Begriff „Raumkapazitäten" sollte doch zumindest auch ein Auftrag an die Gemeinden ergehen, denn die Ausstattung der Schulen liegt in deren Verantwortung.

Raumprobleme gibt es an den Universitäten dagegen nicht. So sind für Anfang Juni verpflichtende Klausuren in den Messehallen Kölns angesetzt, wo trotz leicht zu erzielender Abstandsregel die Studentinnen und Studenten auch während der Arbeitszeit einen Mund-Nasen-Schutz tragen müssen. Ich kann mir nicht vorstellen, wie man auf diese Weise stundenlang konzentriert arbeiten und die Ergebnisse schriftlich in angemessener Form niederlegen kann. An manchen Universitäten wird allerdings ein Durchfallen bei diesen Klausuren nicht gewertet, so dass ein weiterer Versuch als Erstversuch angesehen wird. Zudem wird die Regelstudienzeit und damit auch die Dauer des BAföG-Bezugs um ein Semester erhöht. Die Probleme an den Universitäten sind also erkannt.

Nordrhein-Westfalens Arbeitsminister Laumann regt allgemeinverbindliche Tarifverträge für Pflegekräfte an, die Bonuszahlung von einmalig 1500 Euro reiche nicht aus. Bundespräsident Steinmeier würdigt ebenfalls die Arbeit von Ärzten, Krankenschwestern und Pflegerinnen und schließt ausdrücklich Angehörige ein, welche zu Hause pflegen. Immerhin sind mehr als zehn Prozent der in Deutschland an Corona Infizierten im Gesundheitswesen beschäftigt.

Von Kurzarbeit betroffene Personen können etwas aufatmen, als der Bundestag Mitte Mai die Erhöhung des Kurzarbeitergelds auf bis zu achtzig Prozent des Nettolohns beschließt. Auch das Soforthilfeprogramm für Künstlerinnen und

Künstler wird deutlich aufgestockt, so dass die noch offenen Anträge nun bewilligt werden können.

Die Arbeit der Polizistinnen und Polizisten wird in dieser Zeit immer schwieriger. Nicht dass der Straßenverkehr wieder ansteigt und nur noch dreißig Prozent unter dem Wert vor der Krise liegt, was ja immer noch eine Entlastung der gewohnten Arbeit bedeutet, erschwert ihre Tätigkeit. Nein, besonders die Aggressionen gegen diesen Berufsstand nehmen kontinuierlich zu. So werden Ende des Monats fünf Polizisten bei der Kontrolle der Corona-Beschränkungen in Duisburg verletzt. Zudem gibt es vermehrt Spuckattacken, besonders wenn Personen auf ihr Fehlverhalten hin angesprochen werden. Auch ansonsten sinkt die Aggressionsschwelle weiter kontinuierlich. Nachdem es bereits Anfang des Monats Demonstrationen vieler Menschen gegen die Corona-Verordnungen gegeben hat, wird wenige Tage später ein ARD-Kamerateam von Demonstranten im Verlauf einer nicht genehmigten Demonstration vor dem Reichstag in Berlin angegriffen. Mitte des Monats finden in ganz Deutschland Protestaktionen gegen die Schutzmaßnahmen statt, dabei kommt es zu Verstößen bezüglich der erlaubten Zahl der Teilnehmer, der Abstandsregelung und der Maskenpflicht. Bundespräsident Steinmeier begrüßt zwar die Diskussionen über die Maßnahmen, welche er selbst für richtig hält, als ein Zeichen für eine lebendige Demokratie, denkt dabei aber sicherlich nur an verbale Diskussionen, nicht an gewaltsame Protestaktionen. Andere Politiker warnen vor einer Radikalisierung im Rahmen der Demonstrationen. So der stellvertretende Fraktionschef der Grünen, Konstantin von Notz: „Es laufen all jene mit, die das System grundsätzlich infrage stellen und Politiker insgesamt für Marionetten von George Soros und Bill Gates halten." Auch die Innenpolitikerin Ute Vogt (SPD) sieht eine Gefährdung der Demokratie und die Demonstrationen als „ein gefundenes Fressen für die Rechten". Viele Politiker stellen eine Nähe zwischen der AfD und Verbreitern von Verschwörungstheorien fest und hoffen auf Widerstand der „normalen" Leute. Dieser Widerstand müsse bereits im Bekanntenkreis geäußert werden. Eine Forderung, welcher wir alle meiner Ansicht nach nachkommen sollten! Nordrhein-Westfalens Innenminister Reul stellt klar: „Jeder soll seine

Meinung äußern können. Doch wer zu Straftaten aufruft und andere gefährdet, missbraucht das Demonstrationsrecht." Bundeskanzlerin Angela Merkel fasst die Situation zusammen: „Dieses Virus ist eine Zumutung für unsere Demokratie. Deshalb machen wir es uns natürlich mit den Beschränkungen von Grundrechten nicht einfach, und deshalb sollten sie so kurz wie möglich sein. Aber sie waren notwendig."

Eine besonders negative Erfahrung in Hinsicht auf rücksichtsloses Verhalten machen Franziska und ich, als sie beim Einkauf in einem Supermarkt einen hinter uns an der Kasse stehenden Mann, welcher ohne Abstand zu uns seine Waren aufs Band legt, höflich bittet, doch den nötigen Abstand einzuhalten. Ohne zurückzutreten, giftet er meine Frau an: „Halt die Klappe, was willst du?" Auf ihre Erklärung, dass sein Verhalten eine Gefährdung darstelle, legt er nach: „Lass mich in Ruh, blöde Fotze!" Als ich dann versuche ihn zur Rechenschaft zu ziehen, droht die Situation zu eskalieren. Die Kassiererin schüttelt nur den Kopf, Franziska beruhigt mich, und wir verlassen nach dem Bezahlen den Supermarkt, nicht ohne von einem höhnischen Gelächter des Mannes begleitet zu werden.

Steht dieser Mensch etwa für die Ansicht der meisten Deutschen? Nein, zwei Drittel halten die Maskenpflicht in Geschäften für sinnvoll. Dass ein Drittel diese ablehnt, gibt mir trotzdem zu denken! Immerhin halten laut einer anderen Umfrage vierundsiebzig Prozent der Deutschen die Einschränkungen in den vorigen Wochen für richtig, neun Prozent sehen sie als zu gering, fünfzehn Prozent als zu umfassend an.

Drei weitere Themen sind es, welche die Berichterstattung in den Medien in diesem Monat dominieren: die Situation in den Alten- und Pflegeheimen, diejenige in den fleischverarbeitenden Betrieben und weiterhin die Diskussion um die Fortsetzung der Fußball-Bundesliga-Saison in Form von sogenannten „Geisterspielen", also Spielen ohne Zuschauer.

Besonders die Fleischindustrie rückt ins Blickfeld. Bei der im Kreis Coesfeld beheimateten Großschlächterei „Westfleisch" werden 126 Beschäftigte positiv getestet. Einen Tag später sind es bereits über 150 Personen, worauf der Betrieb geschlossen wird und die Öffnungen im Kreis rückgängig gemacht oder verschoben werden. Die Infizierten stammen überwiegend aus Ost- und Südosteuropa. Natürlich denkt man sofort an die Arbeitsbedingungen in solchen Betrieben und die Sammelunterkünfte, in welchen die Arbeiter auf engem Raum mit unbefriedigenden hygienischen Verhältnissen leben. Folglich zeigt sich schnell, dass es auch in anderen fleischverarbeitenden Betrieben viele Infizierte gibt. Deutschlandweit sind es Mitte des Monats über 600 Corona-Infektionen in Betrieben der Fleischindustrie. Arbeitsminister Hubertus Heil soll im Bundestag ein Gesetz zum Schutz von Arbeitnehmern vorlegen, und die Bundesministerin für Ernährung und Landwirtschaft Julia Glöckner verspricht in Abstimmung mit den Agrarministern der Länder von jetzt an bessere Kontrollen. Karl-Josef Laumann fordert für Nordrhein-Westfalen ein schlüssiges Hygienekonzept bezüglich der Wohnsituation der Arbeiter, den Arbeitsbedingungen in den Betrieben und den Fleischtransporten von Schlachthofbetreibern. Politiker der Grünen schlagen einen Mindestpreis für Fleisch, dazu bessere Bedingungen für die Tiere, höhere Löhne für die Arbeiter und ein Verbot von Subunternehmen für Schlachtbetriebe vor.

Da kann man nur fragen: Warum das alles erst jetzt? Nicht nur die Politiker, wir alle wissen seit Jahren von den schlechten Arbeitsbedingungen in der fleischverarbeitenden Industrie. Warum muss erst eine Pandemie dazu führen, über diese Arbeits- und Unterbringungsbedingungen nachzudenken? Spielt hier nicht vielleicht auch der Fleischpreis für die Verbraucher eine große Rolle?

Trotz aller Bedenken darf „Westfleisch" ab 20. Mai schrittweise den Betrieb wieder aufnehmen. Natürlich werden nachvollziehbare Gründe genannt, etwa die große Zahl von für die Schlachtung vorgesehenen Tieren in den Ställen. Zu denken gibt diese Entscheidung dennoch. Und schon kurz danach lassen uns Nachrichten über 92 Infizierte in einem Schlachthof in Dissen (Niedersachsen) und weitere in einem Betrieb des Unternehmers Tönnies in Rheda-Wiedenbrück aufhorchen. Ein deutlicher Anstieg der Zahl der Infizierten wird befürchtet.

Eine ähnlich große Gefahr wie in den fleischverarbeitenden Betrieben sieht man in den Flüchtlingsunterkünften. Auch diese gelten wegen der hohen Personendichte als Hotspots.

Ab dem 10. Mai, dem diesjährigen Muttertag, sind Besuche in den Pflege- und Altenheimen unter Auflagen wieder möglich, nachdem Nordrhein-Westfalens Gesundheits- und Sozialminister Laumann bereits Tage zuvor festgestellt hat: „Ich bin überzeugt, dass man Besuche in Pflegeheimen wieder möglich machen kann und muss." Die Besucher werden registriert, für die Begegnungen werden Außenbereiche oder separate Räume zur Verfügung gestellt. Selbst Bettlägerige können von jeweils einer Person in Schutzkleidung besucht werden. Das ist sicherlich eine für viele Menschen wichtige und Trost bringende Entscheidung. Denn besonders Mitteilungen über Erkrankungen älterer Menschen sind erschreckend, so diejenige, dass in Gelsenkirchen von elf Bewohnern einer Demenz-WG zehn sich infiziert haben, dazu noch fünf Mitarbeiter. Wenige Tage später hört man von neun Toten in einem Pflegeheim in Langerwehe bei Düren und dreiunddreißig infizierten Bewohnern und neunzehn infizierten Pflegekräften.

Nach wochenlangen Diskussionen über die Fortsetzung der Saison in der Fußball-Bundesliga ist es soweit: Ab Mitte Mai nehmen die Mannschaften der ersten und zweiten Bundesliga den Spielbetrieb in Form von „Geisterspielen" wieder auf. Deutliche Kritik hierzu hört man nicht nur von Christian Lindner (FDP) und Katja Kipping (Linke), sondern vor allen Dingen auch von dem Gesundheitsexperten Karl Lauterbach (SPD), welcher schon seit Wochen vor solchen Spielen warnt. Horst Seehofer als Bundesminister des Inneren plädiert dagegen für den Neustart. Wie man sieht, gibt es keine einheitliche Meinung innerhalb der Parteienlandschaft. Viel diskutiert wird besonders die Frage, ob die verpflichtenden Tests der Spieler für Engpässe materieller oder zeitlicher Art bei den in anderen Bereichen notwendigen Tests von unter Verdacht stehenden Personen sorgen. Immerhin werden in den beiden Bundesligen insgesamt zunächst 1724 Tests durchgeführt, von welchen zehn positiv sind. Dynamo Dresden muss auf den Neustart verzichten, da die Mannschaft sich wegen infizierter Spieler in eine zweiwöchige

Quarantäne begeben muss. Für den Spieler Salomon Kalou von Hertha BSC fallen nicht nur die ersten Spiele aus, sondern auch alle weiteren, da er nach einem die Schutzmaßnahmen verhöhnenden, gefilmten Auftritt in der Kabine vom Verein suspendiert wird. Von Seiten der Stadtverwaltungen werden erneut Sorgen geäußert, dass sich die Fans nun nach der neunwöchigen Unterbrechung nicht in den Stadien, sondern vor diesen und in Fanlokalen versammeln. Trotz dieser Bedenken soll der Re-Start erfolgen. Wegen der langen Trainingspause und den daraus resultierenden Mängeln in der Fitness der Akteure werden nun fünf Auswechslungen von Spielern pro Spiel und Mannschaft erlaubt.

Parallel zu den ersten wieder gestatteten Spielen finden Demonstrationen für die vollständige Wiederöffnung der Kitas statt. Es sei nicht nachvollziehbar, dass Kinder zu Hause bleiben und auf die Betreuung in Kitas verzichten müssten, Bundesligakicker dagegen ihrem Beruf nachgehen könnten. Ein für mich völlig nachvollziehbares Argument. Schließlich dürfen ab Mitte des Monats zunächst nur die Vorschulkinder mit besonderem Förderbedarf, alle Kinder mit Behinderungen und alle Zweijährigen wieder in die Kindertagespflege. Die übrigen Kinder bleiben außen vor. Im Juni erst sollen dann alle Kinder zumindest an zwei Tagen in der Woche wieder in die Kitas gehen. Die Gewerkschaft Verdi fordert dazu regelmäßige und flächendeckende Tests für Beschäftigte in Kitas.

Aller Bedenken angesichts solcher Kritik am Bundesliga-Restart zum Trotz sitze ich dann doch bei den ersten Spielen vor dem Fernsehschirm und freue mich, dass wieder etwas mehr Abwechslung in mein Leben kommt. Ein schlechtes Gewissen habe ich natürlich trotzdem, da in diesem Fall das Herz den Verstand dominiert hat. Schnell merke ich als Zuschauer zudem, dass manches bei diesem Neustart eine einzige Farce ist. Mit Abstand stellen sich die Spieler auf, auf der Tribüne sitzen die Auswechslungsspieler, mit Abstand und Schutzmaske versehen, und dann ... ja, dann geht es los. Wie will man beim Kampf um den Ball die Abstandsregel beachten? Was nützt es, wenn es keinen gemeinsamen Jubel beim Torerfolg geben darf, bei Freistößen und Eckbällen man den Gegner dagegen umarmt, um ihn bloß nicht entwischen zu lassen? Und die Stimmung?

Die kommt natürlich ohne Zuschauer weder im Stadion noch im Wohnzimmer auf. Trotzdem: Nächste Woche gucke ich mir die Spiele im Fernsehen wieder an. Wie heißt es so schön: „Schwach ist der Mensch!" Zumindest wenn es um Fußball geht!

Die größten Hoffnungen im Kampf gegen die Pandemie setzen viele auf die Entwicklung eines geeigneten Impfstoffs gegen Covid-19. Jens Spahn befürchtet jedoch, dass die Suche noch Monate, ja vielleicht Jahre dauern könnte. Eine Geberkonferenz vieler Länder sammelt Gelder für die Entwicklung eines solchen Impfstoffs für Milliarden Menschen, hat bereits Zusagen über 7,4 Milliarden Euro und vereinbart eine Zusammenarbeit bei der Entwicklung. Die USA nehmen an dem Projekt nicht teil! Weltweit gibt es inzwischen 115 Impfstoffprojekte, eines davon in Nordrhein-Westfalen. Das Robert-Koch-Institut lehnt eine grundsätzliche Impfpflicht ab, wenn ein Impfstoff gefunden ist, und tritt damit Verschwörungstheoretikern entgegen, welche dann eine staatliche Anordnung vermuten. Auf einem anderen Weg versucht man Kranken durch die Injektion von Blutplasma bereits Infizierter, welches Antikörper enthält, zu helfen. Genaue Ergebnisse stehen noch aus. Die Ärzteschaft warnt vor der zu schnellen Zulassung des Medikaments „Remdesevir" als Hilfe gegen Covid-19.

Weltweit verzeichnet man inzwischen mehr als sechs Millionen Infizierte und 370 000 an Covid-19 Verstorbene, darunter auch den bekannten, 75jährige Magier Roy Horn. In Europa gibt es nun mehr als zwei Millionen Corona-Infektionen und mehr als 137 000 daran Gestorbene. Am stärksten von der Pandemie betroffen sind weiter die USA mit 1,6 Millionen Infizierten und fast 100 000 unter der Krankheit Verstorbenen. In Belgien hat man die höchste Übersterblichkeit, das ist der Wert über dem „Normalwert" Gestorbener in einem Monat, seit Ende des 2. Weltkriegs ausgemacht. In Spanien gilt eine zehntägige Staatstrauer um die an Covid-19 Verstorbenen.

Weltweit verlangen Regierungspolitiker die kostenlose Behandlung Infizierter und eine kostenlose Impfung gegen das Coronavirus, wenn ein Impfstoff gefunden ist. Eine berechtigte Forderung, doch wie soll eine gerechte Verteilung von Medikamenten und Impfstoffen über die

Erde erreicht werden? Wenn es denn überhaupt soweit ist, dass es entsprechende Medikamente und Impfstoffe gibt! Besonders bedroht sind zum Beispiel die Ureinwohner in Brasilien. Nach Ansicht mancher Verschwörungstheoretiker verharmlost Brasiliens Präsident Jair Bolsonaro das Virus bewusst, um diesen Bevölkerungsteil auszurotten. In welch einer Welt leben wir?

In Deutschland lässt trotz dieser erschreckenden Fakten die Angst vor einer Ansteckung nach, nun befürchten nach vorher vierundvierzig Prozent nur noch einunddreißig Prozent eine Infektion, dagegen nimmt die Angst vor wirtschaftlichen Folgen immer weiter zu.

Die Steuereinnahmen von Bund, Ländern und Kommunen in Deutschland brechen ein, die Folgen sind noch nicht abzusehen. Angela Merkel widerspricht weit verbreiteten Vermutungen in der Bevölkerung: „Stand heute sind keine Erhöhungen von Abgaben und Steuern geplant." „Stand heute" eben!

Ungeachtet dessen werden weitere und erhöhte Hilfsmaßnahmen auf den Weg gebracht. So kündigt Finanzminister Olaf Scholz einen

Schutzschild von knapp 57 Milliarden für die Kommunen in Deutschland an. Die Landesregierung von NRW schlägt einen Familienbonus von 600 Euro pro Kind zur Nutzung im regionalen Einzelhandel vor, um die Kaufkraft zu erhöhen, und geht damit über den vor Tagen von den Grünen vorgeschlagenen „Kauf-vor-Ort-Gutschein" von 250 Euro hinaus. Grund ist, dass die Umsätze im Einzelhandel längst nicht die Werte vor der Krise erreicht haben. Für ein Jahr wird zudem die Mehrwertsteuer für Speisen in Restaurants auf sieben Prozent gesenkt, um die Gastronomen zu unterstützen. Diese fordern zudem mehr Flächen für die Außengastronomie, um Verluste auszugleichen. Ein Nebeneffekt der geschlossenen Restaurants ist, dass in deren Kellern nun größere Mengen an Kartoffeln liegen, da diese für viele Speisen mit Pommes Frites als Beilage gelagert wurden. In Belgien hat die bereits vorhandene Menge des „Rohstoffs" für Pommes Frites übrigens zu großen Lagerungs- und Absatzproblemen von Kartoffeln geführt. In der Lanxess-Arena in Köln werden die wegen der abgesagten Veranstaltungen nicht genutzten Vorräte an Getränken verkauft, da ansonsten das Haltbarkeitsdatum überschritten wird.

Positiv zu bewerten ist meiner Ansicht nach auf jeden Fall eine Aktion der Bundesregierung, welche die Unterstützung der deutschen Auslandsschulen und der Goethe-Institute vorsieht. Bei allen wirtschaftlichen Problemen gerät die Bildung also nicht außer Sichtweite! Gut so!

Trotz dieser vielen bereits genehmigten Hilfsmaßnahmen werden noch weitere gefordert. So schlagen viele Verbände gemeinsam eine monatliche Soforthilfe von 100 Euro für Menschen vor, welche auf Sozialleistungen angewiesen sind. Die Grünen fordern auf ihrem digitalen Parteitag ein deutsches Konjunkturprogramm von hundert Milliarden nach dem Shutdown und auf europäischer Ebene eine Billion, welche durch gemeinsame europäische Anleihen finanziert werden soll. Bei den bereits früh bewilligten Corona-Soforthilfen stellt man weiterhin viele Fälle von Betrug fest. Kontrovers diskutiert wird, dass nach Adidas nun auch Puma wegen der im Lockdown geschlossenen Läden einen Kredit über 900 Millionen Staatshilfe erhält. Wenn man bedenkt, wie positiv sich die Bilanz von zum Beispiel Amazon auf Grund der angestiegenen Online-Käufe entwickelt hat, muss man fragen, wie es mit den Internetgeschäften der Sportartikelfirmen aussieht und ob eine staatliche Hilfe wirklich notwendig ist. Zahlen hierzu habe ich in den Medien nicht gefunden. Keine staatlichen Hilfen benötigen natürlich die Hersteller von Schutzkleidung und Desinfektionsmitteln. Deren Absätze haben sich drastisch erhöht.

Bei allen Bemühungen um ein wenig Normalität nach dem Lockdown ist die Situation bezüglich Reisen weiterhin sehr differenziert. Die EU-Kommission empfiehlt, den Einreisestopp in die EU um einen Monat zu verlängern und zunächst die innereuropäischen Grenzen kontrolliert zu öffnen. Die Kontrollen an den deutschen Außengrenzen führen zu heftigen Debatten zwischen Armin Laschet und Markus Söder. Laschet wählt wie auch andere Ministerpräsidenten den weitaus offeneren Kurs, möchte die Grenzkontrollen lockern und diese nach einer Phase mit Stichproben ab Mitte Juni ganz wegfallen lassen Außerdem hebt er die bisher geltende Quarantänepflicht bei der Einreise nach NRW auf, welche bisher nach zweiundsiebzig Stunden Aufenthalt im Ausland verordnet war. Mit Laschets Plänen nicht ganz einverstanden ist man in den Niederlanden als unserem Nachbarland. Mehrere Bürgermeister dort bitten die Deutschen, nur bei unbedingt notwendigen Besuchen ins Land zu kommen: „Wie vermissen Sie, wir bitten Sie aber jetzt von Nachbar zu Nachbar, nicht zu kommen, wenn es nicht unbedingt notwendig ist." Laschet bleibt bei seiner Sichtweise: „Man kann nicht über Monate das ganze Land einsperren. Wenn alle vorsichtig sind, dann gelingt es uns, die Infektionszahlen weiter niedrig zu halten." Ich persönlich habe da meine Zweifel, ob die Mahnung, vorsichtig zu sein, wirklich ausreicht. Die Bundesregierung plant, ab dem 15. Juni die Reisewarnung für einunddreißig europäische Länder ganz aufzuheben, eine Ausnahme bildet Großbritannien. Der Ausschluss Großbritanniens ist in jeder Hinsicht nachvollziehbar, wenn man bedenkt, dass viele Wissenschaftler dort die Lockerungen bei mehr als 8 000 Neuinfektionen täglich für viel zu früh ansehen.

Die Hälfte der Deutschen will allerdings in 2020 sowieso auf eine Urlaubsreise gänzlich verzichten, wobei besonders Kreuzfahrten äußerst problematisch gesehen werden.

Meine Familie gehört zur anderen Hälfte, auch wenn wir sehr genau überlegen werden, wann, wie und wohin wir eventuell reisen wollen. Dass die Jugendherbergen und Hotels in Nordrhein-Westfalen ab dem 18. Mai wieder Übernachtungsgäste aufnehmen dürfen und kleinere Gruppen- und Busreisen ebenfalls wieder erlaubt sind, führt uns zu dem Entschluss privat für drei Tage statt der Touren in der Eifel einmal eine Wanderung am Rhein zu unternehmen und dazu zwei Übernachtungen in einem großen Hotel zu buchen.

Als wir im Hotel ankommen, stellen wir zunächst fest, dass von Seiten des Hotelpersonals sehr konsequent auf das Tragen der Schutzmasken und auf die Abstandsregelung geachtet wird. Letzteres ist allerdings nicht sehr schwirig, da es kaum Gäste gibt und wir allein durch die breiten Flure gehen und mit dem Aufzug in unser korrekt nach Corona-Vorgaben desinfiziertes Zimmer gelangen. Also haben wir die eine gute Wahl getroffen, beruhigen wir uns. Das bleibt auch den Tag über so. Als wir dann am nächsten Morgen zum Frühstück erscheinen, stellen wir zunächst beruhigt fest, dass die Tische auf Abstand positioniert sind. Allerdings befremdet es uns, dass es das Frühstück in Buffetform gibt, was wir nicht erwartet haben. Zwar sind die Wege zum Buffet klar gekennzeichnet, um Annäherungen zu anderen Personen zu verhindern, doch hat man nicht mit der Ignoranz mancher Gäste gerechnet. Hinter mir erscheint ein nicht ganz junges Paar, die Dame sehr aufgetakelt, und fragt die Bedienung, ob sie ihnen eine Maske geben könne. Sie hätten nicht gewusst, dass man hier eine Maske tragen müsse. Bitte? Nicht gewusst? Wo leben die denn? Auf die Antwort der Bedienung, dass sie an der Rezeption sicherlich eine Maske erhalten könnten, fragt die Dame, ob nicht eine Serviette vor dem Mund auch reiche. Daraufhin kapituliert die Bedienung und lässt dies zu. Als dann kurz darauf noch jemand aus der falschen Richtung auf mich zukommt, über mich hinweg greift und auf meinen Protest hin sagt, er habe sich bereits am Buffet einmal bedient, brauche nur noch Brot und etwas Milch für den Kaffee, bin ich mir nicht mehr so sicher, ob unsere Entscheidung, für zwei Nächte ins Hotel zu gehen, richtig war. Nach diesem Zwischenfall werden jedoch sowohl im Hotel wie auch auf unseren Wanderungen alle Schutzmaßnahmen eingehalten. Und wie wir inzwischen Wochen später wissen: Es ist ja nochmal gutgegangen!

Auch in diesem Monat gibt es eine Vielzahl von interessanten Nachrichten, welche sich nicht einer der bereits behandelten Kategorien zuordnen lassen. Dennoch seien sie an dieser Stelle erwähnt:

▪ In Nordrhein-Westfalen sind wieder Führerscheinprüfungen erlaubt.

▪ Ein Düsseldorfer Autokino wird zum Trauzimmer umfunktioniert. Gäste in bis zu dreißig Autos sind erlaubt. Überhaupt sind Autokinos in NRW wieder „in". Vor der Krise gab es zwei Autokinos, nun sind noch fünfzig von siebzig neu eröffneten Autokinos in Betrieb.

▪ Die Karnevalisten in NRW rechnen mit einer Session 2021. Wie diese allerdings organisiert werde, sei noch unklar. Besonders Köln hält an Karneval in „irgendeiner Form" fest. In Euskirchen dagegen sind alle karnevalistischen Aktionen für 2021 bereits jetzt abgesagt. Alaaf und Helau?

• Die Diakonie Dortmund sucht Obdachlose mit Lastenfahrrädern auf, um ihnen Hilfsmittel zu bringen. Schöne Idee!

• Die Dortmunder Philharmoniker sowie die Oper beginnen mit einer Reihe „Musik auf Rädern", in welcher sie vor Seniorenheimen spielen, so dass die Menschen in den Heimen bei geöffneten Fenstern der Musik zuhören können. Tolle Aktion!

• Im Kreis Wesel kann man Mund-Nasen-Schutzmasken aus einem umfunktionierten Snackautomaten ziehen. Kreativ muss man sein!

• Die Gruppe „Queen" widmet ihren Song „We are the Champions" in der umgewandelten Form „You are the Champions", unterlegt mit Videos aus der ganzen Welt, den Beschäftigten im Gesundheitswesen. Auch dies eine schöne Idee!

• Die Zahl der Hauseinbrüche in NRW ist deutlich zurückgegangen. Bei dem Motto „Stay at home", „Wir bleiben zu Hause", kein Wunder!

- Die Luftqualität in ganz Deutschland ist deutlich verbessert. Immerhin etwas!

- Die Deutsche Bahn steigert ihr Angebot wieder auf neunzig Prozent der Zeit vor Corona. Sicherlich mit den entsprechenden Schutzmaßnahmen!

- Die Zahl der Verkehrstoten in Deutschland ist deutlich gesunken, und zwar auf den niedrigsten Stand seit der Wiedervereinigung. Noch eine positive Auswirkung der Pandemie!

- Die neue Wanderlust der Deutschen führt zu einem wegen der Jungtiere nicht unkritischen Besucheransturm in den Wäldern. Wenn ich an unsere stundenlangen Wanderungen durch die Eifel denke, ohne dass wir anderen Menschen begegnet sind, halte ich den Begriff „Besucheransturm" für übertrieben. Die meisten Menschen haben sich meiner Erfahrung nach auf die ersten paar hundert Meter weniger Hauptwege beschränkt. Man sollte aber auf jeden Fall nicht querfeldein durch den Wald wandern, um die Tiere in ihrem Lebensraum nicht zu stören.

- Es gibt keine Hinweise für die Übertragung des Virus über Lebensmittel. Eine Beruhigung!

• Die Anzahl der Krankschreibungen steigt deutlich an. Kein Wunder!

• Lange Schlangen vor den Ikea-Märkten. Für mich absolut nicht nachvollziehbar!

• Bisher geheime Dokumente lassen vermuten, dass die Bundesregierung sich bereits Anfang des Jahres mit der Lungenkrankheit Covid-19 beschäftigte, diese aber unterschätzte. Wie ich selbst sie unterschätzt habe! Politiker sind auch nur Menschen!

Zum Abschluss des Monats noch einige Äußerungen von bekannten Personen, welche sich auf die Situation der Pandemie im Mai beziehen:

• Der amerikanische Außenminister Mike Pompeo sieht „überwältigende Beweise" dafür, dass das Virus aus einem Labor in Wuhan stammt, China weist dies zurück.

• Katrin Göring-Eckardt von den Grünen ist beunruhigt: „Die Sorge, dass uns die Situation entgleiten kann, treibt mich um." Daher warnt sie vor einem „Lockerungs-Übertreibungs-Wettbewerb".

- Angela Merkel möchte die Pandemiemaßnahmen nicht allein den Ländern überlassen. Sie betont die gemeinsamen Interessen, „nämlich diese Pandemie einzudämmen und möglichst viel gesellschaftliches Leben, wirtschaftliches Leben, kulturelles und vor allem auch Bildungsleben stattfinden zu lassen." Und weiter in einer Videobotschaft: „Mancher glaubt jetzt, weil das große massenhafte Leid nicht eingetreten ist, sei auch die Gefahr wohl nie so groß gewesen. Was für ein Irrtum! Ein Blick in die befreundeten Länder, die es so viel schwerer getroffen hat, zeigt, was leicht hätte sein können."

- Ruhrbischof F.-J. Overbeck im Pfingst-Gottesdienst: „Wir Menschen können nur zusammen leben und auch nur zusammen überleben." Die Pandemie zeige, wie zerbrechlich und begrenzt das menschliche Leben sei.

- Düsseldorfer Medizinhistoriker stellen Bezüge zwischen früheren Seuchen und der Corona-Pandemie her: „Heute ist die Gesellschaft entschlossen, vorzeitige Tode nicht mehr hinzunehmen und so viele Menschen wie möglich zu retten."

Bei dieser Aussage fällt mir auf, welche Bücher ich in letzter Zeit gelesen habe, nämlich „Das Dekamerone" von Boccaccio, in dem zehn Personen aus Florenz vor der Pest geflohen sind und nun versuchen sich die Zeit durch gegenseitiges Erzählen zu vertreiben. Thema ist also eine Epidemie mit dem Wunsch, sie gemeinsam zu überleben. Und auch eine andere meiner Lektüren hat einen indirekten Bezug zur Corona-Pandemie: Thomas Manns tausendseitiger Roman „Der Zauberberg" spielt in einem Schweizer Lungensanatorium und stellt die Situation dort sowie die Gespräche, die Sorgen und Hoffnungen der Patienten dar. Nur Zufall?

16

Mitte Juni 2020

In Nordrhein-Westfalen stellt man eine Entspannung der Lage fest, sieht allerdings noch keine Entwarnung. Der Virologe Streeck sieht für den Sommer sogar die Chance auf weitere Lockerungen, da die Zahl der Covid-19-Erkrankten rückläufig sei und eventuell dann eine Teilimmunität der Bevölkerung erreicht sei: „Wir sollten uns über den Sommer ein bisschen mehr Mut erlauben."

Bereits ab dem 15. Juni treten in Nordrhein-Westfalen weitere Lockerungen in Kraft. So dürfen Flohmärkte, Spaßbäder und Saunen unter Auflagen wieder öffnen, auch das Grillen auf öffentlichen Plätzen ist wieder erlaubt. Lockerungen gibt es unter anderem auch für private Feste, öffentliche Veranstaltungen und Museumsbesuche. Die Mehrheit der Bevölkerung ist mit den Lockerungen in NRW einverstanden, trotzdem verliert Ministerpräsident Armin Laschet als Verantwortlicher in Umfragen immer weiter an Zustimmung.

Vielleicht bin ich in meinem Alter zu vorsichtig geworden, jedoch gehen mir manche der

Lockerungen einfach zu weit. Wir müssen uns meines Erachtens weiterhin in vieler Hinsicht beschränken, die Pandemie ist in Deutschland noch nicht besiegt, auch wenn es in Nordrhein-Westfalen immer weniger Infizierte gibt. Und vergessen wir nicht: Die kältere Jahreszeit steht uns in Europa noch bevor. Mit welchen Auswirkungen auf die Verbreitung des Virus, das kann noch niemand sagen.

Der EU-Kommissar Paolo Gentiloni sieht für die Wirtschaft den Tiefpunkt der Krise erreicht: „Jetzt wird die Wirtschaft langsam wieder hochgefahren und makroökonomisch betrachtet dürfte es nicht mehr schlimmer werden." Dazu passt nicht, dass die Exportwerte Deutschlands so stark gesunken sind wie noch nie zuvor.

Fast alles scheint sich zum Besseren zu wenden. Hoffentlich! Papst Franziskus, der über den Hilfsfond „Jesus, göttlicher Arbeiter" eine Million Euro an Bedürftige in Rom spendet, mahnt jedoch weiterhin zur Einhaltung der Corona-Regeln, bei weltweit inzwischen 400 000 an der Pandemie Verstorbenen sicherlich eine angebrachte Reaktion. Wenn man den Blick von Europa wegwendet, wo die Situation sich tatsächlich zu entspannen scheint, und anderen Kontinenten zuwendet, wird klar, dass wir noch lange nicht die

Pandemie besiegt haben, was man auch daran ersehen kann, dass die Bundesregierung die weltweite Reisewarnung für nicht EU-Länder verlängern will.

Ein Großteil der Bevölkerung hat sich allerdings, wie es scheint, an die Situation und die Einschränkungen gewöhnt und sucht Ersatz für den ausfallenden Sommerurlaub. So hat sich die Nachfrage nach Kleingärten mehr als verdoppelt, auch Pools und Hängematten stehen auf der Wunschliste vieler.

In Deutschland sind inzwischen 7,3 Millionen Beschäftigte in Kurzarbeit, fünfmal mehr als zur Zeit der Finanzkrise 2008.

Weiterhin müssen viele Personen sich in Quarantäne begeben, was zu einem Anstieg häuslicher Gewalt bei Frauen und Kindern führt. Auch fühlen sich viele Menschen wegen der Kontaktbeschränkungen einsamer als je zuvor. Quarantäne-Brechern droht Niedersachsens Landesregierung mit einer Einweisung in eine geschlossene Einrichtung. Wieder einmal stellt sich die Frage: In was für einer Welt leben wir 2020?

Die Corona-Warn-App ist inzwischen ab dem 16. Juni in Betrieb, jedoch nutzen nur zweiundvierzig Prozent der Deutschen diese, die übrigen Menschen haben entweder kein Handy oder fürchten sich vor einer Überwachung und der Verletzung von Persönlichkeitsrechten. Kanzleramtsminister Helge Braun (CDU) äußert sich zum Einführungstermin der App: „Das ist ein kleiner Schritt für uns, aber ein großer Schritt für die Pandemie-Bekämpfung. Wir können eine App vorstellen, die ein hohes Maß an Datenschutz gewährleistet. Sie ist einzigartig und bietet den Menschen, die sie nutzen, einen echten Mehrwert." Leider aber nur den zweiundvierzig Prozent, welche sie nutzen, und denen auch nur dann, wenn positiv Getestete dies in der App weitergeben! Gerade daran habe ich meine Zweifel, lade mir die App aber trotzdem auf mein Handy und kontrolliere täglich die Meldung. „Das ist ein kleiner Schritt …", seltsam, irgendwie erinnert mich der Anfang von Brauns Statement an die erste Mondlandung im Jahre 1969!

Viele Länder öffnen ihre Grenzen wieder, unter anderen auch Italien und Österreich, welche allerdings ihre gemeinsame Grenze weiterhin geschlossen halten. In anderen Ländern kämpft man dagegen mit strengen Auflagen weiter gegen das Virus an, so in Nordmazedonien, wo in Skopje und anderen Städten die Menschen zwischen 21 und 5 Uhr morgens das Haus nicht mehr verlassen dürfen.

Wie unterschiedlich die Maßnahmen und die Reaktionen auf diese sind zeigt das Beispiel der selbsternannten „Corona-Rebellen", welche deutschlandweit zu Demonstrationen aufrufen, bei denen dann die unterschiedlichsten Bevölkerungsgruppen auftreten, von Verschwörungstheoretikern bis hin zu Rechtsradikalen. Eine Eskalation scheint vorprogrammiert!

Auch dieser Monat ist geprägt von Diskussionen über die Schulöffnungen vor und nach den Sommerferien. Viele Schulleitungen von Grundschulen kritisieren die Öffnung der Schulen zwei Wochen vor den Sommerferien. Sie bemängeln besonders, dass die Klassen in ihrer gewohnten Größe unterrichtet werden sollen, was einen Sicherheitsabstand von 1,5 Metern unmöglich mache. Bundesfamilienministerin Franziska Giffey und die Präsidentin der Kultusministerkonferenz Stefanie Hubig (SPD) stellen grundsätzlich reguläre Schulöffnungen nach Ende der Sommerferien in Aussicht, Bundesbildungsministerin Anja Karliczek warnt dagegen vor zu schnellem Einstieg in den normalen Schulbetrieb: „Es muss weiter alles getan werden, damit die Schulen nicht zu Infektionsherden werden." Die Lehrerinnen und Lehrer sind wie schon seit Monaten verwirrt wegen der oft gegenteiligen Aussagen. Auch die Landeselternschaft der Gymnasien kritisiert die

Informationspolitik des nordrhein-westfälischen Schulministeriums.

Weiter im Gespräch bleibt auch das Infektionsgeschehen in den fleischverarbeitenden Betrieben, besonders die Firma Tönnies in Rheda-Wiedenbrück steht im Fokus. Hier sind nach aktuellen Tests zunächst mehr als einhundert Mitarbeiter in Quarantäne geschickt worden. Wenig später belegen Tests, dass mehr als sechshundertfünfzig Mitarbeiter sich mit dem Virus infiziert haben, wobei noch nicht einmal alle Testergebnisse vorliegen. Nur in etwas über dreihundert Fällen ergaben die Tests negative Ergebnisse. Der Betrieb wird daraufhin geschlossen, alle Infizierten, ihre Kontaktpersonen und auf dem Firmengelände Arbeitenden müssen in sich in Quarantäne begeben, insgesamt siebentausend Personen. Landesweit werden die Tests an Mitarbeitern in Schlachthöfen ausgeweitet. Heftig kritisiert wird Armin Laschets Aussage „Das sagt darüber überhaupt nichts aus, weil Rumänen und Bulgaren da eingereist sind und da der Virus herkommt." Zurecht erfolgte Kritik! Es ist ein zu einfacher Weg, die Schuld denjenigen zuzuweisen, welche von außen kommen, und die „Hiesigen" reinzuwaschen. Laschet stellt dann auch wenig später klar: „Menschen gleich welcher Herkunft irgendeine Schuld am Virus zu geben, verbietet sich." Man sieht: Wenn man permanent gezwungen ist, Kommentare zur Situation abzugeben, schleicht sich schnell eine Aussage ein, welche dann hoffentlich so nicht gemeint war!

Von politischer Seite wird neben einem Zuschlag auf das Kindergeld für zwei Monate besonders die Senkung der Mehrwertsteuer von neunzehn Prozent auf sechzehn Prozent für Einkäufe im nächsten halben Jahr hervorgehoben. Damit sollen besonders die Menschen mit unteren und mittleren Einkommen entlastet werden. Ein sicherlich gut gemeinter Ansatz! Wenn man jedoch bedenkt, dass dies für einen Einkauf von einhundert Euro drei Euro ausmacht, fragt man sich, wem damit wirklich geholfen ist. Erst bei größeren Anschaffungen zahlt sich dies wirklich aus, wodurch vor allem die Wirtschaft, nicht aber der „normale" Verbraucher gestärkt wird.

17

Ende September 2020

26. September: Über 2500 neu Infizierte an einem Tag in Deutschland! Höchster Wert seit April! Was ist geschehen?

Es gibt in keiner Weise einen konkreten Grund für diesen erschreckenden Wert. Mein Verzicht auf eine detaillierte Darstellung der Ereignisse der letzten drei Monate erklärt sich allein daraus, dass die Entwicklung in Deutschland von einzelnen Hotspots abgesehen so verlaufen ist, wie nach den Lockerungen der Sicherheitsmaßnahmen zu erwarten war: Die Menschen hatten sich an das Vorhandensein einer Pandemie und der damit verbundenen Risiken und Gefahren gewöhnt, viele fühlten sich dagegen gefeit und verhielten sich dementsprechend so, wie sie sich vor dem Bekanntwerden der Coronakrise verhalten hatten. Politiker, Virologen und Mediziner warnten weiterhin vor den Gefahren, erklärten die Pandemie für noch nicht beendet und forderten auf, die Sicherheitsmaßnahmen weiterhin zu befolgen. Die meisten Menschen folgten ihren Ratschlägen, ein großer Teil der Bevölkerung hielt diese inzwischen jedoch für übertrieben, und die Zahl der „Corona-Leugner", angeführt von einigen prominenten Personen, wurde immer größer, die entsprechenden Aktionen wurden immer aggressiver, so dass vermehrt die Polizei einschreiten musste.

In meiner Familie wurden die Sicherheitsmaßnahmen weiterhin befolgt, jedenfalls überwiegend. Es wurden die Abstandsregelung sowie die hygienischen Vorgaben konsequent eingehalten, und doch machte sich eine schleichende Veränderung bemerkbar. Mal traf man sich in größerer Zahl innerhalb der Familie, mal besuchte man Freunde, häufiger nutzte man die Möglichkeiten der Gastronomie, wenn auch weiterhin nur im Außenbereich.

Die persönlichen Lockerungen gipfeln schließlich darin, dass meine Ehefrau und ich überlegen, für zwei Monate in die Ferienwohnung in Griechenland zu fliegen. Da dort die Infektionszahlen von Beginn an auf Grund der rigorosen Maßnahmen geringer als in Deutschland sind und wir uns einen großen Teil des Tages im Freien aufhalten und nur wenige Kontakte haben würden, beschließen wir, die mit einem Flug dorthin trotz angeblich besonders sicherer Klimasysteme in den Flugzeugen verbundenen Risiken in Kauf zu nehmen und kümmern uns um Tickets. Diese sind leicht zu bekommen, dagegen hören sich die Einreisebedingungen nach Griechenland weit komplizierter an: So müssen wir ein Formular mit persönlichen Daten, einem Überblick über unsere Aufenthaltsorte in den letzten Wochen und über notfalls zu informierenden Personen ausfüllen. Auf Basis dieser Angaben sollen wir dann um null Uhr vor unserer Einreise eine Bestätigung mit einem QR-Code erhalten, den wir am Flughafen in Deutschland und nach der Landung in Griechenland vorweisen müssen. Dann werde uns mitgeteilt, ob wir sofort weiterreisen dürfen oder wir uns einem Coronatest unterziehen und für die Zeit bis zum vorliegenden Ergebnis in Quarantäne begeben müssen. Soweit so gut oder auch nicht gut! Jedenfalls erhalten wir die Bestätigung und können mit dieser am Flughafen problemlos einchecken.

Beim Boarding zeigt sich allerdings schnell die Problematik von Flugreisen in Zeiten von Corona. Wir haben beide einen Platz am Gang gegenüber gebucht. Als meine Frau dann ihren Platz einnehmen will, muss sie feststellen, dass der Platz daneben bereits von einer Dame, welche keine Maske trägt, besetzt ist. Auf die Bemerkung hin, dass an Bord doch Maskenpflicht herrsche und sie bitte einen Mundnasenschutz anlegen solle, antwortet die Dame: „Das geht nicht, dann bekomme ich keine Luft!" Was soll man auf solch eine Aussage antworten, außer dem Hinweis, dass dies Pflicht sei? Eine Kontrolle des Bordpersonals findet zunächst nicht statt. Schließlich legt die Dame eine Maske so an, dass sie den Mund bedeckt hat und durch die Nase weiter atmen kann. Glücklicherweise bleiben die Sitze neben mir frei, so dass Franziska „umzieht" und wir genügend Abstand zu der Dame wahren können. Nach gut zweieinhalb Stunden Flug erreichen wir den Flughafen von Thessaloniki und werden dort nach Vorzeigen unserer Bestätigung mit Barcode durchgewinkt, so dass wir wenig später in unserer Wohnung ankommen, welche wir wegen der Pandemie im März ja nicht betreten konnten.

In den nächsten Tagen gewinnen wir einen Eindruck, wie man in Griechenland mit der Krisensituation umgeht. Von den strengen Auflagen, welche immer noch Gültigkeit haben, werden nur wenige konsequent befolgt. Wir stellen fest, dass es offensichtlich nicht in jeder Hinsicht hilfreich ist, wenn eine Region oder ein Land glimpflich durch die Coronakrise gekommen ist. In den Geschäften werden zwar Masken angelegt, auch stehen hier Desinfektionsmittel zur Verfügung, im Bus sieht dies schon anders aus: Viele legen die Maske erst deutlich nach dem Einsteigen und dann in nicht zulässiger Form an. Dabei werden laute Gespräche über mehrere Meter Entfernung geführt. Auf meinen Hinweis an einige Jugendliche ganz ohne Schutzmaske, dass sich viele ältere Menschen im Bus befinden und ihr Verhalten gefährlich für diese sei, antwortet man mir, das mache nichts, es sei ja keine Polizei zu sehen. Ein anderes Mal müssen wir mit ansehen, wie Gäste in einer Taverne von einem Kellner ohne Maske bedient werden, als ein Polizeiwagen auf der Straße, welche der Kellner gerade überquert hat, anhält. Wir erwarten, dass man den Kellner zumindest auf sein Fehlverhalten aufmerksam macht oder ihn mit einer Strafe belegt. Aber nein, die Polizisten gehen zu einem „Fliegenden Händler" dunkler Hautfarbe, um sich dessen Genehmigung zeigen zu lassen. Die Prioritäten werden scheinbar anders gesetzt! Unsere abendlichen Spaziergänge auf dem Boulevard ähneln einem Slalomlauf, da wir versuchen den Mindestabstand zu wahren. Schwierig, wenn einem vier bis fünf Personen in einer Reihe entgegenkommen, ohne auszuweichen!

Trotzdem fühlen wir uns auf Grund unseres eigenen Verhaltens weitgehend geschützt gegen Ansteckungen: Wir leben den Tag über draußen, haben nur wenige Kontakte, verzichten auf Busfahrten und Besuche der Innenräume von Cafés und Tavernen. Abendliche Spaziergänge und Besuche der Wochenmärkte lassen wir uns nicht nehmen. Auf den Märkten muss man jedoch feststellen, dass von Tag zu Tag die Zahl der Menschen ohne Masken sowie die Drängelei an den Ständen zunimmt. Es scheint oft so, als habe es keine Corona-Pandemie gegeben oder als sei sie überwunden. Wenn diese Ansicht sich noch weiter verbreitet, werden wir meiner Ansicht nach mit Sicherheit bald auf den Boden der Tatsachen heruntergeholt werden. Was nutzt es, wenn im Fernsehen stundenlange Diskussionen über die Entwicklung der Pandemie und mögliche Gegenmaßnahmen gesendet werden, viele Menschen aber die Gefahr einfach ausblenden und politisch kaum etwas geschieht?

Inzwischen planen wir, wieder nach Deutschland zurückzukehren und werden dort die aktuelle Entwicklung in den nächsten Wochen miterleben. Außer mit unserer Familie und wenigen guten Freunden wollen wir zunächst keine Kontakte haben, da die Situation uns nicht Vertrauen erweckend aussieht.

Weltweit sind jetzt mehr als eine Million, in Zahlen 1 000 000 Menschen, an den Folgen von Covid-19 gestorben!

18

Ende Oktober 2020

Meine Befürchtungen werden von der Aktualität bei weitem übertroffen!

Wir sind nicht nur in Deutschland mitten in der zweiten Welle der Pandemie angekommen! In Nordrhein-Westfalen liegen fast alle Kreise und Städte Kommunen über dem zulässigen Inzidenzwert, das ist der Wert der in sieben Tagen neu positiv getesteten Menschen pro 100 000 Personen. Die zulässige Obergrenze liegt bei 50 Infizierten, bereits bei 35 ist eine erste Warnstufe erreicht. Wenn die Obergrenze überschritten wird, sind für das jeweilige Gebiet Schutzmaßnahmen zu ergreifen, zum Beispiel eine erweiterte Maskenpflicht sowie Sperrstunden und strengere Vorgaben für den Gaststättenbesuch und private Feiern. Manche Kreise haben Inzidenzwerte von über zweihundert erreicht, erste Maßnahmen sind getroffen, nicht nur in Nordrhein-Westfalen, sondern in ganz Deutschland und in vielen Ländern Europas. Von Reisen in andere Länder wird dringend abgeraten, in einigen Fällen sind die Grenzen bereits wieder geschlossen. Ein vollständiger erneuter Lockdown soll auf jeden Fall vermieden werden, um die wirtschaftlichen Einbußen zu begrenzen. Die Frage bleibt jedoch, ob ein solcher Lockdown nicht irgendwann in nächster Zeit wieder notwendig wird.

Und die Zahlen der neu infizierten Menschen steigen von Tag zu Tag. In Deutschland werden jetzt Werte von über 15 000 mit steigender Tendenz pro Tag überschritten, in Frankreich von über 50 000 pro Tag. Dort schätzt man, dass es eventuell sogar rund 100 000 Fälle täglich sind.

Der Kölner Stadt-Anzeiger berichtet am 27. Oktober in der Rubrik „Thema des Tages" – im Grunde dem Thema jeden Tages in den letzten Wochen! – unter der Überschrift „Europa kämpft gegen die zweite Welle" über die aktuelle Situation.

Das macht mir Angst, das sollte uns allen Angst machen! Keine Angst, die einen lähmt, sondern eine Angst, die uns dazu führt, Vorsicht walten zu lassen und die Schutzmaßnahmen vor dem Coronavirus weiter zu beachten, zu befolgen!

Dies mahnt auch Armin Laschet bereits Mitte des Monats Oktober an: „Wir müssen die Kontrolle über den Verlauf der Pandemie behalten. Es ist eine wichtige Zeit, die vor uns liegt." Angela Merkel stellt realistisch fest: „Es stehen uns sehr, sehr schwere Monate bevor."

Dann ist es am 28. Oktober soweit!

Nach einer Videokonferenz der Bundeskanzlerin mit den Ministerpräsidenten der Länder wird der zweite Lockdown verkündet! Ein Lockdown in leichterer Form als beim ersten Mal: Die Schulen und Kindergärten bleiben geöffnet, auch die Geschäfte, Handwerksbetriebe und Fabriken. Geschlossen werden dagegen die Gaststätten, Restaurants, Fitness-Studios, Massagepraxen, Kinos, Theater und sonstige Veranstaltungsorte. In der Öffentlichkeit dürfen sich nur noch maximal zehn Personen aus maximal zwei Familien treffen. Die Beschlüsse gelten ab dem 2. November, zunächst für den gesamten Monat November.

Reicht das aus? Helfen die Schutzmaßnahmen, die Pandemie unter Kontrolle zu bekommen? Ich weiß es nicht! Ich fürchte, dass dieses Thema uns noch lange, sehr lange beschäftigen wird! Es wird leider noch viele ob der Pandemie verzweifelnde Menschen, viele mit Corona infizierte Menschen, viele an Covid-19 Verstorbene geben.

Aber voller Pessimismus in die Zukunft zu blicken, liegt mir nicht. Es wird eine Zeit nach Corona geben! In Deutschland! In der ganzen Welt!

Wollen wir hoffen, dass diese Zeit nach Corona bald, möglichst bald kommt und dass wir sie gesund erleben!

Inhalt:

1	Anfang Januar 2020	S. 9
2	Ende Januar 2020	S. 11
3	02. Februar 2020	S. 14
4	24. Februar 2020	S. 17
5	29. Februar 2020	S. 20
6	08. März 2020	S. 25
7	13. März 2020	S. 30
8	16. März 2020	S. 38
9	22. März 2020	S. 46
10	24. März 2020	S. 59
11	31. März 2020	S. 66
12	14. April 2020	S. 76
13	21. April 2020	S. 103
14	28. April 2020	S. 123
15	Ende Mai 2020	S. 159
16	Mitte Juni 2020	S. 201
17	Ende September 2020	S. 208
18	Ende Oktober 2020	S. 215